译文纪实

THE ART OF RESISTANCE

Justus Rosenberg

［波兰］尤斯图斯·罗森堡 著　徐芳园 译

抵抗的艺术
我在法国地下抵抗的四年

上海译文出版社

本书献给我的妻子卡琳·克拉夫特,感谢在写作的每个阶段,她善意的宽容和聪颖的反馈。她确实让我在"后老年"岁月活了下来——并让我有了写下回忆录的可能。

目 录

序 ········· 001

第一部分 ········· 001

但泽自由市（1921年—1937年） ········· 003

一次德国式反犹暴动（1937年春） ········· 007

准备离开但泽（1937年夏） ········· 017

在车站（1937年9月） ········· 023

柏林（1937年9月2日—12日） ········· 026

第二部分 ········· 033

巴黎（1937年9月—1939年9月3日） ········· 035

"虚假战争"（巴黎，1939年9月—1940年6月） ········· 048

溃败（巴黎和巴约讷，1940年6月） ········· 054

图卢兹（1940年6月—7月） ········· 067

去马赛，在马赛（1940年8月—9月） ········· 072

在比利牛斯山上（1940年9月11日—13日） ········· 080

瓦尔特·本雅明（1940年9月下旬）·················· 085

艾尔贝尔别墅（1940年11月—1941年2月）············ 088

黑手党（1941年2月—6月）······················ 097

夏加尔（1941年春）·························· 101

马克斯和佩姬离开（1941年7月）··················· 102

弗赖伊被驱逐；我的登山冒险（1941年8月—
12月）······························· 104

格勒诺布尔（1941年12月—1942年8月26日）
·· 111

第三部分 ···································· 115

拘禁（1942年8月27日—29日）··················· 117

逃跑（1942年9月6日）························· 127

蒙梅朗的地下情报人员（1942年秋—1943年3月）
·· 133

天降吗哪（1943年11月—1944年5月）··············· 143

农场上最后的日子（1944年6月）··················· 146

成为游击队员（1944年6月）······················ 149

营地里的高级烹饪（1944年6月—7月）··············· 154

埋伏（1944年7月）··························· 156

第636坦克歼击营侦察连（1944年8月—10月）
·· 160

泰勒地雷事件（1944年10月17日）··············· 168

返回巴黎（1944年12月—1945年2月15日）…… 171

格朗维尔（1945年2月15日—3月8日）………… 176

联总（1945年4月—10月）………………………… 180

前往美国（1945年10月—1946年7月13日）…… 189

跋：他们的故事 ……………………………………… 192
致谢 …………………………………………………… 210

序

平民服装在说好的地方，医院盥洗室一个不显眼角落的洗衣桶后面。我假装受胃痛折磨，设法从纳粹拘留营脱身，但完全没料到自己真的被送去做了阑尾切除术。腹部伤口远未愈合，但我要在约定的时刻走向厕所，现在，如果我能换上地下组织的特工（伪装成牧师）留给我的衣服，如果我能大摇大摆地走出医院而不引起怀疑，我唯一要担心的就是骑自行车到里昂的中途屋，而不把肠子洒在林荫大道上！我忍痛走下宽阔的医院楼梯，走出沉重的前厅大门，自行车正如计划中那样停在一条长椅边。我战战兢兢地爬上车座，顺车道而下，滑向主路，在那里，始终单手捂腹站立的我有望蹬向自由。汽车在我身旁嗖嗖驶过，夏末的微风吹乱了我的头发，但突然间身后隐约响起哀怨的渐强音，我认为那一定是警笛声。我被出卖了吗？我终究还是要被送回拘留营，接着被送往奥斯威辛吗？

有时，机遇本身就会带来好运。

第一部分

但泽自由市（1921年—1937年）

撰写这本回忆录时，我将近一百岁——准确地说是九十八岁。我生命的头两年是最难回忆的。每次尝试回想，我都听到父母的声音，看见他们的脸部轮廓，触摸到婴儿床的柔软。除此之外，关于我生命最初年月的一切，我都是从父母对亲朋好友讲述他们的聪明儿子蹒跚学步和牙牙学语的故事中听来的。

关于我早年存在的唯一客观证据是一个坐在熊皮地毯上的婴儿的两张照片，以及但泽（Danzig）登记处开具的一份出生证明，上面写着1921年1月23日，一个名叫尤斯图斯·罗森堡的男孩出生，母亲是十九岁的布卢马·索拉尔斯基，二十三岁的商人雅各布·罗森堡的妻子，两人均为摩西教徒，这是当时对犹太人的通称。

除非你是集邮者或是对两次世界大战及其间的时期感兴趣，你很可能从没听说过但泽，那是波罗的海边的一个海港，世世代代都是德国人和波兰人的争议焦点。在第一次世界大战后的凡尔赛和会上，为了报答波兰人对协约国的支持，国际联盟（国联）决定给予波兰在1796年失去的独立地位，当时它被普鲁士、俄国和奥匈帝国瓜分。根据《凡尔赛和约》，但泽将成为波兰的一部分，尽管其人口的75%在种族和文化上都是德国人。

然后，让波兰人和德国人都不满意的是，1920年11月15日，国联宣布争议领土将成为一个半自治城邦，拥有自己的旗帜、国歌、货币和一部仿照魏玛共和国的宪法。它将被称为"但泽自由市"，由海港本身和周边地区大约200个城镇和村庄组成。国联委派了一位中立的高级专员到访这个稚嫩的议会民主政权，以保证占总人口20%的波兰人和5%的犹太人的权利受到尊重。顾名思义，自由市没有出入限制。在1920年和1925年间持续的欧洲政治动荡中，9万来自波兰和俄国的犹太人取道但泽前往加拿大和美国。另外有6 000人，满足于城邦的议会民主制和自由的经济政策，或是认同德国文化，选择留下。我父母没有移居美洲的意向，属于后一群人。

他们来自姆瓦瓦（Mlawa），一个波兰犹太村庄，距东普鲁士仅几英里，因此他们德语流利，熟悉德国文学和音乐。和他们那一代的大多数年轻人相同，除了语言本身，他们对意第绪（犹太）文化几乎一无所知。我母亲——一个裁缝的女儿，和我父亲——出生于姆瓦瓦最富裕和最博学的犹太家庭之一，在他们非常年轻时相爱，而且我父亲才刚开始跟着他父亲做生意。婚姻是不可能的，因为两人属于不同的社会阶层，因此他们私奔了——去了但泽——并试图尽快融入德国文化。我刚出生——这发生在他们私奔后不久——他们就雇了一个名叫格蕾特的保姆，她教我传统的德国儿童小曲、德国童话故事以及《蓬头彼得》和《马克斯和莫里茨》的押韵诗句。六岁时我上了Volksschule（小学）。我已经会读写德语和哥特字体了。

出于实用目的，我像一个典型的德国儿童那样接受教育——小我六岁的妹妹莉莲（后文称"莉莉"）也是如此。父母很少在我们面前讲意第绪语，除非是在讨论什么我们不该听的话。不知怎的，我还是学会了这门语言。他们不定期庆祝犹太节日，偶尔去一家"改革派"犹太教堂参加宗教仪式。和德国的大部分犹太人一样，我的父母认为自己是"信仰摩西教的"德国人。他们拒绝政治性的犹太复国主义，因为它把犹太教看作一个国家。我十岁时,母亲给我报名入学国立高等实科中学,这是但泽最有声望的文理中学。和那些年的很多年轻人一样,政治世界令我着迷。九岁时,我就梦想成为一名外交官了。

在 1932 年的但泽选举上,民族社会主义德国工人党(纳粹)赢得了立法议会即人民议院的最多席位。这给了他们任命"参议院"(行政部门)的权利,那时,该机构由自由民主党人、社会党人以及温和保守派的同盟组成。然而,但泽自由市的特殊性质,及其作为国际港和金融中心的角色,使得但泽纳粹尽管取得了胜利,却在政策和意识形态上装出一副温和面孔,这种情况持续了五年。

当然,我们班有学生穿希特勒青年团的制服来学校,但是他们很少排挤我,或是表达他们对此的不快,即,我作为一个犹太人总是被挑出来背诵(因为我完美的德语发音)席勒的叙事诗或歌德和其他经典诗人的诗歌;他们也没有反对我入选学校的棒球队。教师依然严格遵守职业要求。比如说,即使在 1932 年后,我还是历史老师的宠儿。我也一定是中学合唱队指挥的最爱,因为他推荐我参加了城里圣玛利教堂的巴赫《马太受难曲》的男生天使合唱。多亏了他,我还被选中参与比才《卡门》的儿童合唱,演出地点是但泽市剧院,它传统上由市政府资助,在纳粹统治下依旧如此。

我对唱歌的喜爱要归功于父亲。他一下班回家,就会坐到我们的旧立式钢琴前,(凭记忆)弹唱意大利歌剧里的流行咏叹调,并邀请我加入他,在我发展出自己的音乐品味前,我很享受和他一起唱歌。

大约十四岁时的一天下午,我在收音机上听到出自理查德·瓦格纳《特里斯坦和伊索尔德》的"爱之死"咏叹调,第一遍就爱上了它。出于我当时不懂的理由,父亲对瓦格纳深恶痛绝,绝不会将后者收入他的演出剧目。1936 年的一个夏日,我十五岁时,父母计划在外面待到很晚,而我计划乘郊区火车去索波特,去听当晚在他们一年一度的夏季露天瓦格纳歌剧节上演出的曲目。上演的是《黎恩济》。因为没钱买票，我设法穿过包围场地的铁丝网上的洞，找到一个可以不受阻碍地看到舞台的高处。我也足够近，可以听到瓦格纳音乐中所有的微妙和声。两年后，我得知瓦格纳是19世纪最恶毒的反犹分子之一，并且是希特勒最爱的作曲家。

尽管祖父在我父母私奔后没有资助过我父亲，但是我一出生，他们之间的紧张关系就缓和了，现在我祖父利润颇丰的国际谷物贸易支撑着他的儿子。我父亲在城里拥有一个仓储设施，他从那里运送批发订单。它坐落于一个舒适的但泽街区，在一栋三层公寓的底楼。一个办事处和仓储设施临街而设。我们住在楼上。其他犹太生意在近旁蓬勃发展。比如说，两扇门外是莱维家的布店。这对我父亲来说非常方便，也许这给了他一种虚假的安全感。

一次德国式反犹暴动（1937年春）

1937年初，纳粹示威者开始针对但泽的犹太生意。父亲拒绝过于认真地对待他们。他不相信他们代表官方政策的转变。当然，他们令人不安，因为他们让他想起从中世纪早期就很常见的反对犹太人的自发暴乱。按照熟悉的模式，反犹情绪会发作几个月，然后渐渐消退。

然而，在纳粹统治下，反犹主义的特点在改变。反犹仇恨的爆发既不分散也不短暂。1937年的一个美丽春日，我停在一家书店的橱窗前，观看陈列的彩色封面。突然我的注意力被喊叫声吸引，它如此响亮而接近，令窗玻璃颤抖。我强迫自己离开，前往喧哗的方向。那是一队喊口号的纳粹以及一群随行围观者的声音。我在街区的尽头转弯，看到至少30人——老少皆有——咆哮着："宰了犹太人！"我想去提醒我的父母，但我很好奇，想看看纳粹会做什么。他们没穿制服，也不是孤军作战：路中央有一群围观者跟他们一起缓慢移动。纳粹本身也在缓慢移动，用他们的头做出滑稽的动作，右转，然后左转，将行军时身旁发生的一切尽收眼底。他们身边的暴徒持续增多。很快我确实想跑去提醒我的父母，但我现在身处他们中间。我不能移动得太快，不然看起来像在逃离现场。我困惑地、一厢情愿地不停想着，也许他们会散开。我记起父亲的话："哼！他们会恢复正常的；

过几个月，情况就会安定下来。"但是情况没有要安定的迹象。这些纳粹变得越来越狂热，他们"杀死犹太人"的喊声越来越恶毒。

现在，我被推着前进。警察什么时候会出现并阻止他们做出暴力举动？可是，警察连影子也见不着。

人群越来越拥挤。纳粹煽动者到了施泰纳家的杂货店，它的漂亮门面在去年冬天重新上过漆。在我看来，橱窗和干净而现代的商店在这场不详的骚动中出奇的不合时宜。我看到几个纳粹手里拿着砖头，其他人挥舞着棍棒或拎着油漆桶。

事情的发生如同闪电一般：碎玻璃哗啦一响，施泰纳店铺的橱窗被砸成了碎片。人们不再喊叫；他们似乎在为自己的杰作狂喜。人群也保持安静，虽然喧嚣的间歇并未持续很久。施泰纳走出他的店铺，蓝色的大围裙挂在啤酒肚上。附近的孩子习惯于捉弄他，他经常像这样走出商店，把他们赶跑。现在他看起来不知所措、无比震惊，就像一个不知为何挨了一巴掌的人，好像是弄错了。他朝纳粹走去，双手伸向前方——祈求怜悯？自我保护？表明和平的意愿？和他们理论？突然他用双手护脸。有人朝他扔东西并击中了他。他踉跄地退后几步，手上沾满血，身体倾斜。然后，他迅速转身跑向商店背后的一扇大门。看到他如此敏捷地逃跑，大家都很惊讶，因为他们觉得他的大块头马上就要倒在人行道上了。他任由店铺大开，但在那扇橡木大门后，他似乎是安全的。我松了口气。

纳粹们犹豫了片刻，我再次一厢情愿地觉得他们满足了。我错了。他们开始再次喊叫，其中一些人猛攻店铺。食品罐头滚到街上——沙丁鱼和水果蜜饯——他们还在推倒腌黄瓜桶、鲱鱼桶和装熏西鲱的木板条箱。我看到一个纳粹把一大罐油倒在人行道上。一些人在攻击橱柜和货架。我能听到内部传来的噪声，瓶瓶罐罐叮当作响以及各种各样无法描述的闷响。纳粹一个接一个地走出店铺，打量人群，每个人都对自己的力量深信不疑。他们对自己很满意。

然后，他们中的一个注意到了裁缝克莱因先生，他就站在隔壁自己的店铺前，急急忙忙地想拉卷帘门。纳粹们转向他。他们似乎把施泰纳的匆忙逃离怪在了他头上。克莱因先生是个小个子男人，总是穿得很精神，与他的裁缝身份相宜。但是他把夹克留在了屋里，穿着吊带裤的他显得比平常更矮小了。

"急什么，老爹？"一个纳粹说，其他人哄然大笑。他还来不及回答，另一个人就打了他的脸，起初是一个耳光，然后用拳头殴打，越来越重，直到小个子男人半失去意识地倒下；又有一个人反复踢他的肋骨，喊着："瞧！得这样对待肮脏的犹太人！"有人纠正道："压根不是！他该上绞架！"克莱因先生一动不动。

有人不停喊着犹太人是瘟疫——大地必须摆脱这种害虫。另一些人在摧毁裁缝铺里的一切。现在，人群活跃地加入纳粹中。我开始认真地为父母担心，想要从此处脱身。我父亲很可能在楼下的仓库中。我害怕人群很快会走到我们的街道。我看到右边蜂拥的人群中有道小缺口；我用手肘和肩膀从中挤了出去。要是他们注意到我的背离就糟了。我得碰碰运气。我不停地朝人群的反方向移动，试图显得自然，好像我有事要做，尽管这里就在发生"有趣"的事。渐渐地，我获得了自由。

几分钟内，我就突破了重围，往家的方向赶去，距离可能有200码。我没有回头，但能听到身后有金属卷帘门拉下的声音。现在，人群差不多在我身后。我停下来喘了口气，坐在一堵墙上，从上面我能观察正在发生的事。

他们在戈尔德贝格家前面，这是一家服装店。店铺受到卷帘门的保护，但是一些纳粹找来一根大铁棍，实际上是一根小铁梁，他们拿着棍子冲进店铺，把它当作攻城槌。在铁梁的冲击下，金属板发出雷鸣般的噪音。店铺的窗框在力的作用下破碎，但卷帘门还是老样子。暴徒们把铁梁扔在路中央，试图齐心协力用手强行打开卷帘门。"一、二、三，拉！一、二、三，抬！"它依旧如故。他们再次尝试。门闩松动了——只有些许。卷帘门抬起了一点，足以让他们中的几个人从下面挤进去。人群发出胜利的咆哮。

里面传出一个女人的尖叫，又长又响。他们把卷帘门又往上拉了点，滚出了戈尔德贝格，人群又拉又踢，把他赶上人行道。他用四肢爬起——脚踢继续。因为三个穿靴子的纳粹无情地攻击他，他痛苦地沿人行道乱窜。

现在店里发出了更多的尖叫和呻吟。两个纳粹从卷帘门下冒出来，拽着戈尔德贝格夫人的头发和一条胳膊。

我从制高点无比清晰地看到了这一切，但是我好像不理解看到的事情。电影里有与此稍微类似的暴力画面，但它们只是电影，不是真的。出了剧院，一切都会回归正常。纳粹让戈尔德贝格夫人站起来。她的衣服被撕破了，脸被残忍地打伤，一只眼睛乌青，眼皮肿得厉害。

我一直认为戈尔德贝格夫人是个美人，她如此美丽，当我在街上从她身边经过时，我会停下来看她；当我临近店铺时，我会磨蹭，希望她会在店里，这样我就能看到她长长的金发和大而柔软的蓝眼睛。我现在看到的情景令人无法接受。然而，那就是她。我满心愤怒和恐惧。我想大喊大叫，把拳头砸在墙上，但我能做的只是保持安静，咬紧牙关，一言不发。

我从制高点下来。我本不该待在那里的。我本不该看到我所看到的画面。我开始奔跑。这条街，这条我每天穿过的街，这条总是如此平静的街怎么会……这不是真的；这不是真的；这不可能。但我亲眼看到了。这是真的。我不需要再次回头去看。我不理解。仅此而已。

这些人不是人类；这条街，这座城市，不是我的城市。我再次看到戈尔德贝格夫人的脸，先是美丽的脸，接着又是另一张……我感到羞愧。

当我到达父亲的仓库时，我上气不接下气。我说不出话来。他刚和一个有意向的买家谈完。我告诉他我看到的情形，一口气倾吐出一切，因愤怒和恐惧而颤抖。父亲如同往常一样温和，似乎不为我的描述感到吃惊，好像这不过是人生波折的一部分——但他确实被我的焦躁搅得心神不宁。

"冷静，冷静。对，我刚听说了。你不该心烦，这可能就是他们想要的。他们最终会安静下来的。再说了，你想要我们做什么？来吧，一切都会平息的。这些家伙只是粗人。他们不值得害怕。让我害怕的是让其他人这么干的纳粹政客。不管怎么说，走着瞧吧。这不过是我们得经历的一次逆境，一场危机。"

我说的任何话都没能扰乱他的平静。父亲认为这波暴力不会殃及他。我在夸大其词，是我的想象力在作怪。"让我们等一会儿，"他说，"让我们给自己一点时间。"但是我知道这不是我的想象，也知道我们没有时间。

"求你了，爸爸，把店关了。我确定他们正在往这边来。我离开他们的时候，他们在戈尔德贝格家。"

看到我如此急躁，我父亲很吃惊。他用胳膊搂住我的肩膀，温柔地对我说。

"好了，好了。别把自己弄得这么心烦。"但是他看出有什么东西确实不对劲。我记得他的原话。"你苍白得像个死人。你把它看得这么严重，那我去关门，我去关门。"

他出去拉下了我们的卷帘门，我坐在一袋谷物上。我看着金属板一块块落下来，同时黑暗占据了房间。在这半明半暗的阴凉中，我感觉受到了保护。

我听到我父亲从外面的街上闩上三把大挂锁。这下，我想，真的搞定了。我们安全了。

父亲从后门重新进楼，现在，看起来焦躁的是他。他听到了人行道上的靴子踏步声。要么是他们一路走到了我们这条街，要么是来了第二群人，也就是另一波。

"老天！你说得对！他们来了，一大帮人！"

我们能听到叫喊，和之前的一样。他们一定在袭击街角的第一家店，也就是书店。父亲说我们应该上楼，我们待在那里应该没事。

"我们能从窗户看到在发生什么。"

我母亲走下楼梯迎接我们。

"你上锁了？干得好！"她说，显然如释重负。

"我本来什么也不会去做，但是尤斯图斯很坚决……"然后他改变了语气，压低了声音，对我母亲说，"他刚才在那里。尤斯图斯见到了一切。不是什么好场面。真是混账。"

当我们到达三楼的楼梯平台时，听到来自不远处的闷声敲打。

"他们在莱维家了，"我父亲说，"真近！"

莱维家和我们家的仓库只隔着一家店。

我们能听到下面传来的敲打声，在暴力中倍加响亮。父亲去了窗边，小心翼翼地打开百叶窗。他略微俯身向外，然后迅速后退。"他们来了。"

母亲任由自己跌坐进一把椅子，开始无声哭泣。

楼下，他们在使用一根类似他们在戈尔德贝格家用过的铁梁，有节奏地猛敲卷帘门，越来越暴力。窗户破了——我们能听到玻璃粉碎的声音。我父亲走到水槽边，给自己倒了一大杯水，一口气喝光。他再次去窗边，踮起脚尖张望，不用前倾太多。从打开的窗户里我们能听到一切——辱骂、喊叫——只有当每隔约五六秒攻城槌打到卷帘门、让楼房震动时除外。

"卷帘门一定要挺住啊。也许他们会放弃。"我父亲低声说,转身面对我们。

其中一个示威者肯定从窗户看到了他,因为他们停止捶打卷帘门,开始辱骂我父亲。他站到窗户右边,在那里别人看不到他,但是他能继续观察街道。一些纳粹开始捡石头,试图用石头砸我们的窗户,但是等投掷物飞到三楼,速度已经大大降低,造不成多大损害了。这似乎把他们累坏了。我想他们会再次攻击楼下的厅门,预计会听到门厅传来的攻城槌敲击声。另一方面,也许他们会克制住入侵楼内的冲动。实际上我们是唯一的犹太租户,但是他们知道这点吗?

我想得没错,他们要么是累了,要么是谨慎地考虑到这栋房子住的并非都是犹太人。攻城槌没有再次启动。他们只是喊着:"犹太垃圾!你们等着!我们会回来的,我们会把你们的茅屋烧掉!害虫!肮脏的犹太人!有种你就下楼!绞死所有犹太人!"

一个接一个地,他们重新回到人群中,他们的同伙们已经在摇晃相邻店铺的卷帘门。几个居民加入了他们,而人群中的大多数只是带着好奇,一言不发地跟着,和之前一样。父亲关上窗户,用一个疲倦的手势擦掉了脸上的汗。

"好了,孩子们,今天到此为止。"

事件的第二天,但泽政府采取的立场是,它反对这样的暴力行为,不过,它自然也没去部署警察对前一天发生的事做出任何举措。

事实上,但泽参议院的纳粹主席向犹太社区保证,针对犹太人的身体攻击和对他们生意的破坏违反了"党纪"。尽管如此,父亲已不再乐观地认为反犹主义只是正常的、周期性苏醒的东欧行为。他和我母亲现在觉得，情况恶化只是时间问题。他们开始考虑，一旦我通过文理中学的期末考，就把我送出但泽，在别处继续学业。

在接下来的日子里，政治气候确实变得越来越动荡不安。德国犹太人和其他德国人之间的个人关系开始受影响。母亲的密友伊丽莎白，有一个哥哥如今在纳粹党卫军。他告诫她不要跟我们往来。伊丽莎白没理他，因为对她来说，与我母亲的友谊比她哥哥的党派重要。在德国，犹太人再也不能担任公职、与德国人结婚或者保持亲密关系。他们被迫辞去教授职位，犹太医生只被允许治疗犹太病人。反犹主义变得越来越露骨。可是在但泽，这些事之前只不过是有关德国现状的传言。现在，露骨的反犹主义越来越频繁地提醒人们认清事实。

伊丽莎白即将成为一个不仅对我母亲，也对我同样重要的人。实际上，如果说我目睹的暴力构成了一种对成人现实最黑暗面的启蒙，我很快就要跟她体验一种更为愉悦的启蒙。一天下午我放学回家，到得比平常早，听到她和我母亲在我父母的卧室里谈笑风生，试着新裙子。卧室门开着，我瞥到伊丽莎白站在全身镜前，除了胸罩、蕾丝内裤和丝袜，什么都没穿。这景象让我渴望某种我绝料不到有可能成真的事。伊丽莎白二十六岁，比我母亲小十岁，比我大十岁。她捕捉到我充满色欲的凝视，回应以一个调情的微笑。母亲一定看到了我的眼神，但没看到伊丽莎白的回应，她立刻命令我回房间。从那时起，伊丽莎白的身体就占据了我的梦。我白天在文理中学准备期末考，因此没时间整天沉湎于性幻想，但她从未远离我的脑海。

一个早春的星期五，我单独在家学习到傍晚，突然听到前门响起轻柔的敲门声。我开了门，站在我面前的正是那个在用功学习的间歇令我魂牵梦萦的女人。犹豫了片刻后，她问："你母亲在家吗？今晚我们本来要一起看电影。"

"哦，"我说，"她一定忘记告诉你了。她和我父亲去瑞典过周末了。"

"太遗憾了，"她说，"今天是埃米尔·雅宁斯和玛琳·黛德丽演的《蓝天使》的最后一场。"她停顿了一下，微笑着看我。"你不是跟我说过你读了海因里希·曼的《垃圾教授》吗——电影就是小说改编的。跟我一起看电影怎么样？"

"非常愿意。"来不及花一秒时间思考，这句话就脱口而出。

在去剧院的路上，我们没聊什么意义重大的内容，但是我不露声色地展现出我压根不知道自己拥有的个人品质。在售票处，我豪爽地买了票（实际上用的是父母留给我的饭钱）。伊丽莎白没有阻拦我。她在近旁观察我，看这个青少年自信地处理事务，以及这样一次外出中微妙复杂的人际关系，似乎对此印象深刻。电影开场时，我们在剧院里坐得很近，相隔仅数英寸。

正片开始前放了几段喜剧小品和卡通。银幕亮起时，我任由眼睛瞟向她，仅仅捕获她的侧影。她有着高高的颧骨；脸庞的线条通往一个完美的窄下巴，红宝石般的嘴唇在微光中深沉而显眼，胸脯略微暴露，没有小心谨慎地藏好。玛琳·黛德丽很迷人，值得一看，但我所陪伴的女人有血有肉，比银幕上的任何美女都迷人。电影里老教授的悲剧性迷恋引人入胜，但远远比不上唤起我热情的对象。我对伊丽莎白的渴望无从掩盖，尽管我足够成熟，能理解矜持的好处。

看完电影，她走路送我回家。为了跟我道别，她吻了我的脸颊，但我吻向她的嘴唇，短暂地把身体压向她，时间足以让她感受到我兴奋的力量。她没有抽身。

"你试过吗？"她低声说。

"还没有。"我回答。

"你想吗？"

THE ART OF RISISTANCE

当我们来到客厅沙发时，我全身发抖。我笨拙地脱掉裤子。为了缩短兴奋的折磨，伊丽莎白立刻教我如何继续，温柔地引导我进入她，并且全情投入，和我一样享受。从那以后，只要有可能，我们一星期至少在一起两次，直到我六个月后去巴黎。我不认为驱使我们这么做的动机是不道德的。它甚至从没让人觉得在社交上有错，尽管考虑到当时的性风俗，它确实看起来如此。我母亲毫无怀疑。她从没想过，她最好的朋友，处于花样年华，会被一个十几岁的男孩诱惑。伊丽莎白对我母亲的态度也没改变；当我以优异成绩通过期末考时，她们俩都非常为我骄傲。

准备离开但泽（1937年夏）

我的父母——在我的热烈赞成下——决定我确实应该在但泽之外继续学业。我即将搬去巴黎。

收到合格通知的第二天，我走到法国总领事馆申请签证。父母选择这个国家是因为我父亲在那边有一位客户（一个叫贝尔热先生的人），他会关照我；此外，法国拥有全欧洲最好的教育体系以及最自由的难民接收政策。领事馆那一片我很熟。我经常在这片区域闲逛，欣赏其中的贵族式公馆。其中一些可追溯到许多世纪前。富裕的船主委托荷兰建筑师设计美丽而庄严的露明木架的梁托结构房屋。每当身处该街区，我都会花时间从一条街漫步到另一条，观赏房子及其精心打造的山墙和古老的玫瑰花窗。但是今天不一样。我只想尽快到达领事馆。我一见到它所坐落的15世纪房子的二楼阳台上固定的旗杆，就知道自己来对了地方。入口上方的一块黄铜大匾额上写着"法国总领事馆"。我推开沉重的门。内部凉爽宜人，镶木地板上覆盖着一大块棕色地毯，鞋子踩上去柔软舒适。我已经喜欢上法国了。我能听到楼上某处传来打字机的声音，它突然停下。一名秘书走下来，问他能否提供帮助。"是的，先生。我是来申请签证的。"

"请上楼去十二号房间。"他非常礼貌且口齿清晰，一边说一边用手示意上一层。"坐在前厅等一会儿，会有人叫您进领事办公室的。"

前厅中央立着一个低矮的茶几，放满了期刊、杂志和报纸。我坐在一张皮扶手椅上，拿起一本时尚杂志。迅速翻阅了一下，我发现模特们证实了我对法国女孩的想象。墙上，油画展现了法国风景，广告海报邀请游客前往法国的名胜古迹。

大约十五分钟后，我被叫进主办公室。壁炉上方挂着一位胸前系着三色绶带的老先生的肖像。领事是一个三十多岁的男人，留着一把画中人那样的小胡子，他要走我的护照，叫我坐在他的办公桌前。

"您计划在法国待多久？"他用毫无口音的德语说。

"至少两年。"我回答。

"您的访问目的是什么？"

"学习法国文学和历史。"这只有一部分是真实的。我还没完全选定专业，但一个已经得到签证的朋友建议我这么回答，以恭维法国文化。

"谁将支付您的食宿？"

"我父亲跟他的法国生意伙伴做出了必要的经济安排。"

"请您填写这个表格，一式两份。"我要附上身份照片、无犯罪记录证明和我父母的许可声明，交还表格。他们会在三天内发放签证。

没碰到太多麻烦，签证就拿到了，我们开始为我的法国之旅做准备，计划于1937年9月初启程。与此同时，父母认为，在我全身心投入另一种文化之前，我应该跟从未谋面的祖父待一段时间。去探望他有两个理由：既出于对他的尊重（毕竟我是他的长孙），也因为了解自己的宗教、文化和种族背景对我没坏处，毕竟我已经完全成了德国文化的一分子，马上又要受到法国文化的诱惑。快到1937年7月底时，我乘火车去了祖父居住的波兰犹太村庄姆瓦瓦，他是一名成功的谷物商人，跟他的女儿，也就是我的利娅姑姑，以及她丈夫，住在镇中心一座石砌的大房子里。

祖父六十七岁,是名鳏夫。他的妻子,也就是我的祖母,几年前去世了。利娅的丈夫,莫伊舍·西特兰,跟我祖父有生意往来。考虑到犹太教的饮食要求,利娅同时打理两个家是个颇为繁重的任务。

从但泽坐火车到姆瓦瓦要花三小时。它经过"波兰走廊"——把东普鲁士和德国隔开的属于波兰的狭长领土。我在一个多雾的星期五上午11点到达祖父的家。利娅姑姑热情地迎接了我,告诉我祖父不在家,但会在傍晚前回来。我父母焦急地希望我在白天较早的时候到达,因为正统犹太家庭一般会在家准备安息日,而安息日开始的时间是星期五晚上的日落时分。尽管他们自己不信教,但他们尊重我祖父的习惯,不想让我在安息日开始后出现。利娅正在彻彻底底地清理房子中的一切,"好像在等待一个尤为亲密的朋友的到来"——我得知这是合乎体统的态度——不是为了迎接我,而是迎接安息日本身。因此家中弥漫的情绪是一种充满欢乐的期待。利娅姑姑在厨房忙里忙外,正在准备一顿节日大餐。

我趁机在镇里走了走——在探亲的三周内我将享受很多次这样的散步。

事实上,祖父午后早早地回来了,迎接了我,梳洗后换上干净的衣服。他的外貌有点让我吃惊。我从父亲那里知道他是一个"严守教规的"犹太人,我以为他是哈西德派。我在但泽见过哈西德派教徒。他们都留着同样的大胡子,穿着同样的衣服。但我祖父穿的是普通的职业装。尽管他有茂密的大胡子,但他没留鬓角发,他的帽子也不是宽檐的哈西德帽。我后来才知道原因。在他准备迎接安息日的同时,我继续在姆瓦瓦漫游。这是个小镇,在波兰和东欧别处的犹太村庄中颇为典型。生活在这里的人当中,大约只有一半是犹太人,大多住在镇中心的木房子里(我祖父的石砌房屋是例外),外围住着波兰农民。

姑姑叫我在日落前半小时回去。安息日，她说，在日落前的十八分钟到来。

我猜日落前十八分钟到了，利娅点亮插在沉重银烛台上的两根大蜡烛，同时对它们吟诵祝福。点完蜡烛后，她把双手拢在火焰周围，把从中捕捉到的热量送到眼前。这手势深深印刻在我心中，令我终身未能忘怀。她似乎汲取了蜡烛中所包含的以温暖为象征的祝福，并将其纳入自身。我在但泽从没参加过星期五晚上的仪式——我们在家肯定没做过类似的事。然而，为了避免显露出我对犹太传统的无知，我克制自己，在晚餐期间没有问祖父任何问题。

我们坐下来吃饭时，祖父说了一句祷告，让我一起加入。在我启程去姆瓦瓦前，父亲给我上了一个速成班，教我阅读希伯来字母和一些基本的祝福和祷告，但这恐怕太少，也来得太晚了！饭前饭后还有相当多的吟诵，但我一无所知。我挣扎着模仿祖父的发音时，他看出来了。从那时起，他唯一强加在我身上的宗教元素是在我的行头里加了一顶小帽子。他似乎不介意我的沉默，但是宴席结束后，他开始对我解释一些传统。我们的对话是用德语进行的，这实际上是他的母语。他的德语讲得毫无瑕疵。

"我想让你知道，"他说，"安息日是犹太教最重要的特殊日子，比赎罪日和在初秋庆祝的其他大节日都重要。"他告诉我，安息日是唯一由"十诫"明确规定的仪式——来自上帝的礼物，普天同庆的日子，在全年中的每一个星期都备受期待。他说第二天我会亲眼看到怎么庆祝这个日子，我们还会花一整天谈论犹太习俗和惯例。

星期六，祖父和我几乎整天都待在他的书房，房间里的书柜塞满了皮面精装的大部头希伯来语著作。对祖父来说，安息日，休息的日子，意味着一整天的虔诚研习。虽然我看不懂希伯来语，但我知道，那些从数不尽的书架上——甚至堆在椅子上和其他台面上——凝视着我的书，是经文和宗教注释。

随着我们更加熟悉彼此，我开始自如地提问。我问祖父他们是怎么知道安息日"到达"的准确时间的。他告诉我关键不在于十八分钟——那只是个近似值。真正的开始时间是最早的三颗星星出现在地平线的时候。我想了解关于两根蜡烛和利娅的有趣手势的仪式。我对光的象征意义有自己的理解，我知道这是很多传统中的常见意象。但是两根蜡烛的准确含义是什么？一根，他说，代表扎克勒（Zakler）——记忆。另一根代表沙诺尔（Shanor）——遵守上帝的律法。那利娅的手势是什么意思？出于某种原因，他对此闭口不谈，也许因为手势本身非常私密，利娅把蜡烛所象征的光明和精神温暖汲取入自身，但其中的意义更适合从表演出的动作中而不是通过语言解释来体会。

我说过，我不信教，我的父母也不"严格遵守"大多数犹太习俗，因此除了这些问题我还有很多想问的，祖父一一耐心回答，显示出了他的学识。因为他意识到我对犹太教几乎一无所知，他向我介绍了一些节日以及其他习俗背后的意义。我们谈论了身为信徒意味着什么，以及人们要做什么才能获得真正的宗教成员资格。

在一次讨论中，我们谈到了慈善的话题。"在犹太教里，"他说，"（施舍意义上的）慈善——齐达卡（Tzedakah）——被看作一种'德行'，一种道德义务，无论经济状况如何都必须完成，即使财力有限也不可推卸。"慈善、道德反思和虔诚研习是通往上帝的道路。他解释说，最核心的拉比文本是《塔木德》，宗教律法和神学体系的主要来源。哈西德派犹太教的观点与此相反，它于17世纪末在波兰的社区中形成影响力，很大程度上是由于巨大的苦难，它认为我们接触上帝的手段是感情和令人狂喜的神秘快感，而不是知识和严格的学习。一些犹太社区的领导者组成了一个团体，抵制哈西德教派实践的神学影响。

"祖父，我以为你就是哈西德派。"我说。

"不，不，"他纠正我，"我被认为属于哈西德派教义的反对者，反哈西德派。我们对《塔木德》文本进行批判性的审读，并拒绝一切形式的神秘主义，欢迎现代的、世俗的科学和思想。我们不是彻底谴责神秘主义，而是试图用理性来分析和解释它。"

当我回到家中，父母想知道我是否从祖父那里学到了东西。"别担心，我还是一个自由思想者，"我说，"但我确实跟祖父保证，有一天我会阅读，只是译本也好，《塔木德》和迈蒙尼德的《解惑指引》(The Guide for the Perplexed)。"

他们似乎对此满意。

尽管我从未成为一名"严守教规的"犹太人，跟祖父待在一起的三星期确实激发了我对犹太历史、文化以及某种程度上对犹太神学观点的兴趣。多年后，在1940年代末，当我在辛辛那提大学攻读文学和语言学博士学位时，我旁听了大学的犹太神学院的讲座和课程，几年前我开始写一本小说（从未写完），关于犹太叛教者兼"弥赛亚"沙巴泰·泽维，他在17世纪从整个犹太世界赢得大批追随者，之后在当局的压力下，被迫改信伊斯兰教。

在车站（1937 年 9 月）

我于（1937 年）8 月中从姆瓦瓦返回，动身去法国的日子即将到来。整段旅程超过一星期，因为我的行程包括在柏林停留，去拜访我父亲的哥哥马丁，他在该市的音乐圈很有名。在我启程的早上，家人们齐聚车站，给我送别。

"我们还有十四分钟。"我父亲说，一边把表放进背心口袋。他转身去看表上的时间是否和车站大钟上的时刻相同。"对。火车很快就会到这里。"

至于我，对这个逐渐变得没完没了的告别场景，几乎无法控制自己的不耐烦。

他们陪我到车站，跟我待到最后一秒，这再自然不过了——父亲、母亲、妹妹，还有伊丽莎白。下次见到他们可能在一年或更久之后，但我不觉得特别悲伤。相反，我觉得高兴，因为一旦火车启程，为我做决定的就只有自己了。当我试图模仿家人的悲伤时，愧疚折磨着我，但我模仿得没什么说服力，因为世上没有任何事物可以让我放弃旅程。尽管如此，我依然顺应大家的情绪，扮演了我的角色。

我可怜的母亲，双眼噙着泪水，从前一天起就在重复说："等你到巴黎……给我们寄张明信片，让我们知道你安全到达了。"

至于父亲，他不断地叫我在去巴黎的路上到柏林拜访他哥哥。父亲再次看表,拉着我的胳膊把我拽到一旁。在另一个站台,一个蒸汽环绕的火车头扑哧扑哧地鸣笛进站。

"我们沿站台散散步,消磨一下时间吧。我想告诉你几件事:学习很重要,因为没人能夺走你用智力掌握的东西。哦,对了,我很高兴我的伙伴贝尔热先生愿意在巴黎照顾你。只要你听从他的建议,就不会碰到什么特别糟糕的事。"

我说,"我不觉得会碰到任何'特别糟糕的事'",但我父亲没有回答。他似乎迷失在自己的想法里。最后他说:"你已经不是小孩了,尤斯图斯,我想跟你说点男人间的真心话。如果你有任何问题,不要犹豫,放心跟贝尔热先生说,听他的建议。"

我父亲不仅对讨论与性相关的事情感到不适,甚至对跟儿子暗示这样的事情存在也是如此,我认为这是当时的中上阶层犹太父亲的典型特征。记得有一天,那时大概十四岁,我和一个女孩牵着手走在从郊区索波特通往大海的防波堤上。我发现父亲走向我们,我准备跟他打招呼,但他仰头继续走,假装压根没注意到我们。回到家后,我们谁也没提这件事。

"你指的是哪种'问题'?"我问,佯装无知。伊丽莎白走得很快,在我们前头一点,但能听到我们说话,她转身微笑。我也报以微笑。父亲心事太重,没注意到。

"你马上要单独待好几个月,"他继续说,"你会遇见女孩……和女人……然后,呃……你可能……跟她们约会。"父亲提出建议时脸色涨得绯红。"但是别随便……交朋友,要明智地选择。为了你自己好。如果因为不走运,你出了点事……我是说,好吧!别觉得丢脸,谁都可能遇上这事。别害怕谈论它。但你不能等。这些东西有办法解决。有医院和诊所专门干这个。很常见。很多人都遇到过。你要做的是它一出现就去处理。你听懂了吗?"

这时，我也脸红了，低头看着双脚。我做出回答的努力显得同样尴尬。"听着，爸爸……"我打算撒谎，说我还没开始对女孩感兴趣，但他没给我机会说完。他继续谈论女孩，但我想的是别的事，别的人。

　　最终，我登上了火车，挥手道别。我怎么也想不到，下次见到他们中的任何一位，竟然是十五年后的事了。

柏林（1937年9月2日—12日）

父亲非常为他的哥哥马丁骄傲，经常跟我讲他的特立独行和成就。我祖父在马丁还是孩子时就认识到他的智力和天赋，计划让他在一所颇有声望的犹太学院接受教育。犹太学院是正统犹太人的中学，专注于学习传统宗教文本，主要是《律法》和《塔木德》。但是马丁有自己的想法；在成人礼后，他没有去犹太学院，而是坚持留在姆瓦瓦上公立学校。在此期间，他秘密地成为左翼的波兰社会党成员。1905年5月1日，马丁十五岁，为了支持第一次俄国革命和国际劳动节，他挥舞着红旗在姆瓦瓦的街头游行。

这个行为带来了严重后果。尽管他的家人——尤其是我祖父——对他支持社会主义感到尴尬，但他们没去做任何干涉他理念的事情。为了避免因激进主义而被捕，马丁先逃到奥地利，再逃到柏林，那里，在我祖父与之关系密切的犹太社区的支持下，他学习了音乐和喉科，这是一门处理声音损伤的医学专业。他一度是作曲家阿诺尔德·勋伯格的学生。马丁对音乐和政治的兴趣让他组织了一个工人合唱团，歌手扩展到超过400名，大多是坚定的马克思主义者。他化名罗斯伯里·达尔古托，在柏林电台指挥他自己作的曲，由工人合唱团和他们的孩子演唱。他还以那个化名发表了关于喉科的科学文章。

在我去巴黎的路上顺道去柏林探望他之前，关于他，我知道的就这么多。

透过他宽敞客厅的侧窗,我能看到一个大院子,孩子们在里面跳房子和跳绳。窗户对面立着一架三角钢琴,上方挂着贝多芬脸模的石膏复制品;壁炉上方粘着皱眉的悲剧面具和大笑的喜剧面具。最宽的墙上靠着另一架钢琴,立式的,顶上放了一个相框,装的是一个有魅力的年轻女人的照片。

"那不是英格吗,你的女朋友——芭蕾舞演员——几年前来但泽看过我们的那个?"我打听道。

"对,是她,但是因为《纽伦堡法案》,我们已经不再见面了。"这些法案于1935年实施,否认了犹太人的德国公民权,并宣布犹太人和非犹太人之间的性和婚姻不合法。

"在一段时间里我们继续同居。我甚至觉得她比任何时候都依恋我,但是在纳粹统治下,我们无法结婚。连被人看到在一起都是不谨慎的。我们从来不去咖啡馆、餐馆或看演出。我们剩下的只有我们自己,还有乡下,那里的眼睛不太警觉。我们偶尔在乡下见朋友。"

"她一定很喜欢你。"我想到伊丽莎白和她的纳粹哥哥。但泽的情况还没变得这么糟,但我当然知道《纽伦堡法案》随时可能实行。

"我觉得禁忌恋爱的挑战短暂地增加了情趣。但是越来越多的朋友跟我们保持距离。没抛弃我们的少数人——音乐家、画家和演员——也不愿意被人看到跟我们待在一起。英格和我只在这里见面,大多是在迷人的夜晚,在我家听音乐。但是连这也很快就结束了。"

"为什么?"我问,"如果她依然喜欢你——"

"好吧,总是我问她下次什么时候见面。我越坚持,她就越疏远。最终我建议我们去国外,到一个可以结婚的地方。"

"你想做个了断还是解决问题?"

"我想两者都有吧。无论如何,她没有立刻回答,但几天后她告诉我,她想过了,觉得自己离开柏林不会快乐,因为她所爱的一切——她的朋友、她作为舞者的事业——都在这里。我最后一次见她,她只待了半小时,因为我没问她下次什么时候见面,我再也没见过她。"他停顿并安静了片刻。最后他说:"我们出去吃点东西吧。我知道一个不歧视犹太人的餐馆。"

我们吃了顿清淡的晚餐并喝了瓶葡萄酒,这打开了他的话匣。

"1933年3月3日,早晨9点45分,十五分钟后我要在柏林电台指挥我在1920年代成立的工人之子合唱团,一名保安在门口拦住了我。

"'抱歉,罗斯伯里·达尔古托教授,今天早些时候我得到命令,不许让你进入这栋建筑。'

"这就是我认识了好几年、总是对我很恭敬的保安能告诉我的一切。我觉得和他争论毫无意义。失业无处不在。处在他的位置,我也会做出一样的事。"

"在你的广播节目被迫停播后,你怎么养活自己?"我问。

"我还有我的喉科医师业务,我依然被允许教唱歌,但只能教犹太学生。"

马丁伯伯对我讲这些话时显得非常悲伤。为了转移话题,我问他会不会允许我去看弗朗兹·莱哈尔的轻歌剧《微笑王国》的演出,我从小就喜爱其中的旋律。尽管它在一家不接待犹太人的剧院上演,但我试图说服马丁,我去那里是安全的——用我的金发碧眼,可以"假装"雅利安人。在战争期间以及我在抵抗运动中的活动中,这点有时很有用。它在公众场合奏效,因为别人对我的了解仅限于我的外表,但是当问题是我的实际身份时,看起来像雅利安人就不够了。纳粹相当擅长找出一个人的犹太背景详情。

在好几天里,伯伯顶住了我的游说,但是最终屈服,条件是我看完演出立刻回家。

在售票处，我表现得好像我完全有权利来剧院。我没碰见麻烦，买到了一张正厅第六排座位的票，从那里我能不受阻碍地看到舞台以及我前方左右两边的包厢，包厢里坐的是政府和纳粹高官。我不时抬头瞥他们一眼，心想，要是他们知道谁坐在他们下面就好了！灯光暗下来，序曲响起，帷幕拉开，我被带离了当下的政治现实。幕间休息时，我看着一些坐包厢的人穿着定做的制服在大厅昂首阔步。真划算，我想，花一场戏的钱看两场好戏！

到家后，我迫不及待地告诉马丁我多么享受音乐，以及在所有乐器中——钢琴、大提琴和其他——训练过的人声最为出色，在唤起听者情感的能力上无可比拟；但我意识到，讲述我的经历会让伯伯深切地体会到空虚，他肯定已经感受到了，因为他被纳粹剥夺了存在的理由。

两天后，在柏林漫游时，我注意到处处贴着海报，用大号字体宣布当天晚上阿道夫·希特勒将在柏林体育宫向他的公民同胞们发表讲话，那是一个大型室内体育场。元首访问过几次但泽，但父亲总是拒绝让我近距离见他。我在但泽街头了解到的纳粹暴力当然让我害怕，但它也唤醒了我的好奇心。这个能激发此般仇恨的男人到底有什么过人之处？人们听说他的集会是强大的戏剧表演，而我想亲眼看一场。再一次，我可以肯定，借着金发碧眼，我入场看戏不会有麻烦。问题是要给伯伯提供一个说得过去的借口，让他放我晚上单独出门。我能想到的最佳借口是电影院。当然如果我伯伯想跟我去，我最终就只能和他一起看电影了，但我想碰碰运气。

午后，我告诉他有一家没放犹太人禁止入内牌子的剧院在放《登陆新滩头》，主演是瑞典歌手兼演员札瑞·朗德尔，纳粹德国的明星。如同命中注定般，马丁已经看过这部电影，允许我单独去。

THE ART OF RISISTANCE   029

我在 7 点刚过时到达体育宫，大多数座位上已经有人了。让我印象深刻的是舞台的巨大。大厅可以坐 14 000 人。我需要花些时间才能找到空座。最终我在一条过道上找到了一个，离一个出口不远，可以无障碍地看到高台，希特勒即将在上面演讲。平台上方悬挂着横幅和旗帜——大多是红底上的白色纳粹标志。体育宫的墙上贴满了海报和大型横幅，上面印着民族主义的、本质上种族歧视的政治口号。这些横幅上没有对犹太人的斥责：只有看似正面的祈求，例如，醒来吧德国人。人们在谈话，但是大厅太满了，他们的声音听起来就像一阵巨浪翻腾着奔向海岸，然后撞个粉碎。平台上一个身穿冲锋队制服的人，拿起麦克风拍了拍，然后说："我们的元首刚离开总理府，几分钟后就会到达！"人群雷动，成千上万个脑袋转向主入口，希望能瞥见进入宏伟大厅的元首。另一个冲锋队员拿起麦克风，在耳朵里放入某种收听装置，然后说："我们的元首正在接近入口！"

当他从门口入场时，热烈的欢呼声震耳欲聋："希特勒万岁！胜利万岁！"齐声喊了六遍。我嚅动嘴唇，好像我也在呼喊他的名字，免得引人注意。我的眼睛跟着元首和他的随从走入主过道，前往舞台。过道两边，以 5 或 10 英尺的间隔排列着冲锋队员。每当希特勒抬起手臂，肘部弯曲，用他独具特色的手势向人群致意，回应势不可挡。他登上通往平台的台阶，直接走向讲台，抱着手臂在那里站了大约十秒。随后，他抬起双手，让人群平静下来，噪音立刻停止了。大厅里依然飘荡着一丝低语，但之后是绝对的寂静，就像大师开始表演前的音乐会。

他平静地开始了，使用事实、统计数据和无法轻易反驳的论证。在某些时刻，他谈起 1919 年《凡尔赛和约》的不公，提醒观众，民族社会主义德国工人党代表了国民的感情，准备为废除强加给德国的财政和领土管制而战。他说，作为总理，他下令收复一块与法国接壤的重度工业化的领土。尽管他没提名字,但观众里的每个人都知道他说的是哪里——莱茵兰——并起立唱国歌:《德意志高于一切》。他这场表演的理智部分已经结束。言论逐渐走向浮夸。他谈起"对祖国的爱,为德国在太阳下的位置而战的准备,把所有德国人纳入民族社会主义第三帝国的政治保护伞之下的意志"。他一讲到这些话题,嗓音就升高到了喊叫。"醒来吧德国人!"他喊道,人群再次起立。我现在注意起人群的回应,比听他之前的论证更为专注,而这些论证,尽管有自己的逻辑,却倾向于重复和单调。无论如何,思想实质远远不如表演本身有趣。希特勒的语调和戏剧表演在他的听众身上拥有一种难以置信的效果。他们显然把他们的希望、他们的信念和他们的爱倾注在他们的元首身上:准备为他而战,忘却非雅利安公民的权利和福祉。这种精神特质是一种宗教狂热、确信和仇恨。

反犹主义不是唯一一把希特勒和音乐家理查德·瓦格纳连接在一起的东西。我认为他从作曲家那里学到了某种能力,可以催眠观众、慢慢增强主旋律并带动观众的情绪,直到抵达一个无上狂热的音高,此时似乎在艺术作品的总和——歌剧的或纳粹的——之外,没有什么现实能让观众在其中狂喜。弗里德里希·尼采警告过瓦格纳音乐的催眠力量,无疑,它的后果之一是指导希特勒把他的修辞能力发展到史无前例的巅峰。

让我惊愕的是,在演讲结尾,希特勒恳求了上帝。他求上帝在未来几年里,将赐福延伸到纳粹的观念和元首的行动上,免受不当的骄傲的侵蚀,也不找任何出自懦弱心理的借口从而不作为。他祈祷上帝允许这个国家走上正确的道路,履行上帝分派给德国人民的天命。

希特勒在祈祷的结尾戛然而止,在他离开场地时,观众再次唱起德国国歌,接着又唱了纳粹党歌。

在回家的路上,我的内心激烈斗争,是告诉马丁伯伯我去了哪里，跟他讲讲我对希特勒的看法，还是继续撒谎。我想谈论的欲望胜出了。我告诉他我对人群的反应有多害怕。就像但泽反犹暴动前的我父亲，马丁不算特别惊恐。他对德国人民有信心。他认为这个产生了贝多芬、康德和歌德的国家会恢复理智，纳粹是一阵会过去的邪风。尽管和他地位相当的犹太艺术家和知识分子都在离开德国，他自己不会移居国外。

这是我最后一次见他。我在战后得知他死于奥斯威辛。1937年9月在柏林跟马丁待了一星期后，我乘火车前往巴黎。

第二部分

巴黎（1937年9月—1939年9月3日）

从柏林开往巴黎的火车在比利时的那慕尔停了一小时。当我走上站台伸展腿脚时，一种从未闻过的香味深深吸引了我。有什么在召唤我前往它的源头——卖"炸土豆"的食品摊，那是把切得细细的土豆放在油里炸，撒上海盐，装在卷成圆锥形的报纸里。这是我第一次品尝除法国人外的所有人都称之为"法式炸薯条"的食物。

我在一个美丽的秋日到达巴黎，一走出东站，我就爱上了这座城市的景象和声响。我得坐出租车去一家饭店，那是贝尔热先生的产业，他就住在饭店楼上。这段车程带我在时髦的巴黎街区走马观花：排布均匀的楼房拥有品位不俗的建筑风格，似乎洋溢着一种独特韵味，我立刻觉得那韵味就是巴黎；随着出租车往前开，我也看到了成群结队的法国美女，她们没有让我在法国领事馆翻阅时尚杂志时形成的期待落空。

我非常想在开学前更深入地探索巴黎，但实际情况是，我没多少闲暇可供漫游。贝尔热先生已经安排好了，让我作为"膳宿生"（住在提供伙食的学生宿舍）入学巴黎最有声望的高中，那里培养了世世代代的法国政治、学术和艺术精英。巴黎的街头生活这门大课不得不让位给学习。我的课程马上就要开始了。

我立刻被抛入一个令人陶醉的新环境。我很快发现，法国的高中相当于德国的文理中学。在报名我的目标院校索邦大学前，需要流利掌握法语，在高中结业班待一年是个绝佳办法。我已经有基础了，阅读法语不算吃力。但是在索邦大学，基础水平是不够的，而且在巴黎，学会巴黎腔也是个好主意。

在智力上，高中要求很高，挑战性强，几乎没时间做学习以外的事。饭菜——除了早餐，传统的可颂、奶油面包卷和牛奶咖啡——完全不是我想象中的样子，这可是一个以"高级烹饪"著称的国家。我们吃的是平平无奇的食堂大锅饭，只不过每顿都配有一小瓶葡萄酒，随后还有一份餐后甜点。学生们逐渐发展出欣欣向荣的实物交易，有的人用甜点换酒，其他人反之。这是我第一次品尝多少带点黏稠的葡萄酒，你可以猜猜我属于哪类人。

并排摆了25张床的宿舍和夜里10点的宵禁，让人几乎没有隐私或时间在床上阅读。但如果小心的话，还是可以在被子底下打手电筒的。阅读是我最爱的消遣，我很快又迷上了经典法国小说。我第一次读到巴尔扎克。我在战争期间读他。我现在依然读他。

我们在宿舍里并非无人监督。一个住校的学监驻扎在房间中央类似岛屿的地方——可以说是房间中的房间——周围挂着帘子，可以随意拉开或拉上，取决于他想监视我们还是想保留隐私。还有一个经常出现的夜间警卫。几名学生制作并拥有了几台能用耳机收听的晶体管收音机。它们在宿舍里有一个特殊用处：每夜播报彩票号码，买了彩票的男孩们会聚在收音机周围，看看自己买的号码有没有中。收音机必须用电线连到一个像散热器的外部金属物件上。当警卫出现时，它们得迅速被拆掉，你得在被抓到前跳回自己的床铺，因为这些玩意儿是严格禁止的。当然，我也做了一台，并学会了用自己的狡猾与学监和警卫的警惕相匹敌，这一能力在不久后的抵抗运动中帮了我大忙。

我不得不说，巴黎最令我失望的是这所高中没有女生。在法兰西共和国，这个自1871年起格言就是自由、平等、博爱的国家，怎么会这样？我最终向坐在旁边的走读生提出了这个问题。他的名字是夏尔·勒瓦瑟，我们很快成了朋友。他熟知巴黎学生生活的门道。他让我了解外面的世界在发生什么。他每天带三份法国报纸到班里，《巴黎晚报》（一份社会党报纸）、《人道报》（共产党）和《费加罗报》（保守党）。他似乎对这些报纸共同报道的轰动新闻最感兴趣；比如说，一天早晨，每份报纸都讲述了在1月27日，被一些人描述为一道火墙、被其他人描述为一大片血红光线的炫目北极光，是如何划过欧洲的天际并让欧洲人吓了一跳的；两星期前结婚的德国国防部部长冯·布隆贝格元帅于今日请辞，因为纳粹媒体揭露他的妻子之前当过色情照片的模特。对夏尔来说，这样的新闻令人着迷，但我想听他说说女孩在高中的缺席。他笑了笑，然后告诉了我理由。

这所高中的名字，让松·德萨伊，说明了一切。它以一名富有的巴黎律师的名字命名，在1789年法国大革命的几年前，他当场抓到他的年轻妻子出轨，剥夺了她的继承权，把所有财产留给法国政府，但有一个条件：他们得建一所不收女人的高中。平等上哪儿去了？

在巴黎的前三个月，我每周和父母通信。我自然很关心家乡的事。他们把我送到巴黎，让我逃离了仍在威胁他们的险境。他们确实讲述了反犹政策如何执行得越来越严格，犹太社区正在讨论要不要以某种方式全体离开但泽。对此情况我爱莫能助，因此我越来越专注学业和在法国的新生活。随着时间流逝，我们的通信不那么频繁了，家里的来信仅仅告诉我最重要的消息。

不学习时，我常常和夏尔·勒瓦瑟待在一起。他知道我们这个年纪的年轻男人在巴黎的所有娱乐活动——得体和不得体的都有。在他的帮助下，我沉浸在法国文化中，到法兰西喜剧院观看我们刚在课堂上读过的戏剧的演出——学生票半价。但我们依然对欧洲总体政治局势保持警觉。

从1937年9月到1938年夏天我待在高中。期间，希特勒迈出了意义重大的两步，推进了他的让德意志"高于一切"的计划。他吞并了奥地利，接着吞并了捷克斯洛伐克。吞并到哪里他才会罢休？老同盟英国和法国会做何反应？希特勒的主要欲望是把拥有大量德裔人口的领土并入帝国。75％人口是德国人的但泽，会是下一个吗？《纽伦堡法案》的反犹政策会在被吞并的国家强制执行吗？反犹主义和愈演愈烈的反犹情绪会在德国人控制的国家外也熊熊燃烧吗？

夏尔和我当然惊骇于这些事态发展，我们也开始思考，如果纳粹运动继续扩张，怎么去抵抗它。我们没有具体的计划，但是积极抵抗的种子当时就埋在了我们心里。然而，我们并不总是看法一致。我已经开始像马克思主义者那样思考了，而他有点像社会民主党人。但我们都开始把自己定位为可能采取政治行动的人。

一种微妙甚至略带攻击性的反犹主义在高中显而易见。我的法国同学总体来说非常乐于助人和友好，但是没人叫我去他们家，除了夏尔·勒瓦瑟——但只叫了一次！一个星期六，他邀请我去他父母的公寓吃午餐。从地址和楼房本身看，他的家庭显然属于中上阶层。夏尔的父亲不确定我是不是犹太人，因为我的名字在斯堪的纳维亚和德国很常见。"罗森堡"不一定是犹太姓。纳粹党最有影响力的思想领袖和理论家就叫阿尔弗雷德·埃内斯特·罗森堡！夏尔的父亲与我闲谈，直到他发现真相。尽管夏尔和我依然是好朋友，但他的父母再也没有邀请过我。夏尔很清楚他的父亲支持一个极端保守、排外、反犹的法国政党，其成员依然相信德雷福斯上尉是叛徒。有一次跟夏尔谈话时，他父亲称赞了我对法国文化的融入，但评价道我依然是个犹太人。

父亲的种族歧视观点深深困扰着夏尔。他对我讲了他们之间多次激烈甚至尖刻的对话。他们的冲突实际上反映了很多法国家庭所遭遇的冲突。法国人中的保守派心怀了数十年甚至数世纪的反犹情绪，而那些受到自由、平等、博爱的法国传统鼓舞的人则竭尽全力抵抗它。冲突经常分裂家庭。我很了解夏尔的情绪和政治立场，他父亲的态度一点也没有让我们产生隔阂。

除了跟夏尔涉猎巴黎文化外，我也做了点自己的探索。确切地说，我差不多成了一个漫游者——在街头游荡，体验其韵律和自发现象，进行观察并记录印象。我们在高中学过的波德莱尔，写过关于漫游（flânerie）的诗和散文——实际上是他发明了这个词。如今我非常喜欢这些文字，它们映照了我漫步于巴黎的大街小巷的经历，总是勾起我的回忆。要成为漫游者，需要的不仅仅是漫无目的地游荡（但是也要有一点！）。一个人融进人群中，一寸寸地探测大都会，窥探它未被发现的角落和守口如瓶的秘密。对我来说，这是一场自由的狂欢和一种有益的散漫。当我的独特步态与历史的可见脉搏相映成趣，映照在巴黎的建筑中，并且（在某种程度上）与我周围著名的巴黎城市规划协调一致时，我感受到了步伐中的诗意。夜晚（取决于我每月零花钱的余额），我花几法郎去奥德翁剧院或者任何一家林荫道剧院看戏。博比诺，一个受欢迎的综艺表演会场，是我最常出没的地方之一，因为它便宜，并且总是令人吃惊——你怎么也想不到节目中会出现谁或会发生什么：杂技演员、踢踏舞者、杂耍演员、幽默演员、小丑，还有歌手，比如夏尔·特雷内和艾迪特·皮雅芙，当时他们都初出茅庐。我有一次甚至试图进入女神游乐厅，想看看他们是不是真的上演了入口处的海报所承诺的表演，令我吃惊的是，他们让我进去了。

（女神游乐厅当时是、现在依然是一个相当高端的综艺表演会场，其特色是在今天会被视作"软色情"的节目，带有独特的巴黎风味。）

在雨天或冷天，我参观卢浮宫，比如说，我会在一个个房间中体会印象派和表现派的区别。在1930年代末的巴黎，展出当代艺术的画廊很繁荣，它们是一些世界著名画家、音乐家、作家和雕塑家的住所和会面地点——大多数来自德国，非常辛酸的是，当代艺术在那里被纳粹抨击为"堕落"。这个时期是现代主义、超现实主义、抽象派和其他形式的实验艺术的全盛时期。众所周知，巴黎是实验艺术的中心，而希特勒对其深恶痛绝，他年轻时学过艺术，却并不支持这些运动。

在闭展前，我参观了1937年的国际现代艺术与技术博览会，举办地点是战神广场和马约丘陵[①]。世界各国派代表来这里，每个都展示出了自己独特的文化特征，并非专门出于政治目的，但我还是不由自主地注意到其中的政治意味。由于展览正在关闭，只留下一些痕迹。夏乐宫依旧巍然屹立，底部有水炮和喷泉，中部有巨大的露天看台，还能看到埃菲尔塔的壮观景象。展区中央，两个特别的展馆面对彼此——顶部装饰着锤子镰刀的苏联展馆，和头上放了一只鹰和一个纳粹标志的德国展馆，像是在坚守阵地，颇为不祥。斯大林和希特勒签署互不侵犯条约是两年前的事了；慕尼黑绥靖是一年前。整个欧洲都知道另一场战争一触即发，但是目前，战争会在何时、何地，以何种形式爆发尚不明朗。根据我的经验，我知道在但泽和柏林，和平都无法维持。但是只要德国和苏联愿意以这种象征方式彼此对抗，我就觉得是安全的。这个感觉被法国人沿法德边境建造的280英里长的防御城墙，即马其诺防线，所强化——至少就德国入侵法国的恐惧而言。法国人认为，德国要想攻击法国，就必须跨过这道边境。这条防

[①] 此处有误，应为夏乐丘陵（Colline de Chaillot）。——译者

线似乎强大到足以打消德国人的念头。

与此同时，西班牙内战（1936—1938）正打得轰轰烈烈，毕加索纪念一座西班牙小镇被纳粹德国空军轰炸的《格尔尼卡》，在西班牙展馆首次展出。它对战争恐怖的生动再现让我感激欧洲大部分地区依然保持的和平。

1938年6月，学期结束时，夏尔问我要不要跟他和他的朋友们一起去布列塔尼的卡朗泰克，这是一个与英国隔海峡相望的小村庄。没有家长、老师或任何监督者，他保证我们会过得很开心，可以跟很多女孩约会。我不确定我父母是否希望我回但泽过暑假，但事实证明，他们很高兴我想留在法国。

但泽本身的情况越来越危险了。尽管我四处漫游，对巴黎生活兴奋不已，但我对于希特勒在演讲中提及但泽的方式非常担忧。

1938年3月12日，希特勒吞并了奥地利。尽管众所周知，奥地利是一个讲德语的国家，希望两国合并的公众情绪可以追溯到19世纪，但《凡尔赛和约》禁止了此事，目的很明确，就是为了阻止第三帝国的兴起；即，奥地利、德国和其他讲德语的民族，由单一政府统治。出于类似的原因，和约还把讲德语的苏台德地区划给了捷克斯洛伐克；但是纳粹想要创造第三帝国的计划正在通往成功的路上。显然，希特勒不会止步于奥地利。在许多要求中，他暗示性地提到但泽的回归。没人知道如果成真，它意味着什么。会限制居民移居境外和旅行吗，尤其针对犹太人口？看起来我留在法国最好。

在卡朗泰克，我时间充裕，终于给父母写信寄去了我的高中生活和假期的细节，他们告知我但泽的事态。我去索邦大学开始学业的计划暂时不受干扰。启程去卡朗泰克前，我从一对年轻法国夫妇那里租了一个房间，公寓靠近大学，因此国内或更广泛的欧洲的政治事态发展暂时不会干扰我的正式教育。

然而，欧洲确实有不祥的事态发展。1938年9月，我从卡朗泰克回到巴黎，并在索邦上了第一节课的那个星期，布拉格内阁收到了希特勒的最后通牒，要求它交出苏台德以及捷克边境上的所有防御工事。英法的回应促成了希特勒、墨索里尼、英国的内维尔·张伯伦和法国首相爱德华·达拉第在慕尼黑的会议。捷克首相爱德华·贝内什未被邀请。9月30日，他们同意，作为占领苏台德地区的交换条件，希特勒将不会要求吞并更多领土。周刊新闻展示了张伯伦挥舞着一张纸，说出如今臭名昭著的话，"我带来了我们时代的和平"。法国人群——我在他们之中——沿香榭丽舍迎接达拉第从慕尼黑归来，感谢他避免了战争。

慕尼黑带来的欣喜没能持续多久。1938年11月9日到10日，德国全境的城市发生了比我在但泽看到的暴动影响深远得多、破坏性也大得多的事件。一个生活在巴黎的波兰男孩（他的境况与我类似）的父母被逐出德国后遭受虐待，困在波兰和德国交界处的一个难民营。义愤填膺的他进入巴黎的德国大使馆，开枪杀死了一位名叫恩斯特·冯·拉特的德国高官。作为报复，纳粹大肆闹事，放火烧犹太教堂，摧毁犹太商店和生意。该事件史称水晶之夜——用英语说是"碎玻璃之夜"——因为打碎了数量众多的店铺橱窗。这是德国人和犹太人关系的转折点。在那夜前，德国的反犹主义保留了点合法性的门面：《纽伦堡法案》依然是"法案"。现在，针对犹太人的暴力不再需要这样的法律许可了。11月9日到10日的水晶之夜很快蔓延到德国之外。几天后它出现在但泽。

一听说此事，我立马给父母发了一封电报。电报无人回复。我想立刻去但泽，因而花了几天时间去搞清回去的可能性。没有可能。过了焦虑的几星期后，我的女房东递给我一封挂号信，我在信封上认出了父亲的笔迹。我迅速翻阅八页信纸，想知道大家是不是都还好。他们没事。

信里说，但泽的所有犹太人，包括我的父母，现在都把移居境外看作最优先的事项。我父亲写道：

"但泽政府准备好了跟犹太社区的代表合作，以达成一次有序的大批撤离。他们想出了以下计划来筹集资金和寻找我们这些住在但泽的7 500人能移居的地方。

"当然了，想回波兰的2 500名波兰犹太人可以回去；能得到去别的国家签证的其他人也会被允许前往那里。你母亲和我当然决定不回波兰。和大多数人一样，我们尽管不是犹太复国主义者，但宁愿偷渡到巴勒斯坦。

"实施这个计划的钱来自两处：犹太社区同意卖掉其拥有的所有不动产——犹太教堂、公墓、孤儿院、养老院——给但泽政府，价格低得可笑。第二个资金来源是美犹联合救济委员会（JOINT），一个总部在纽约的犹太救济组织，它愿意购买属于犹太社区的所有仪式用品——《律法》、犹太烛台等。我们在（1938年）12月20日把几箱这样的东西寄去纽约，那天你母亲、莉莉和我启程去了捷克斯洛伐克的布拉迪斯拉发。我们计划从那里乘多瑙河上的内河船去罗马尼亚。

"因为我不知道接下来会发生什么，我安排好了，假如我们失去联络，我们可以把你母亲住在费城的表亲的地址当作联络点。"

除了这个令人极度震惊的消息外，我父亲说他给贝尔热先生转了一笔数目相当大的钱给我用——足够支撑一年左右。事实上，这封信是我在战争结束前收到的最后一封家书。大约一个月后，当父亲没有再寄来消息时，我给费城的表亲写了信，但是没收到回复。我始终没有弄清原因。

9月，夏尔和我开始了学业，尽管发生了这些事，我们得继续生活。索邦没有严格的入学要求。大家只是报名课程。和美国那种在入学前淘汰掉不合适的候选人的做法不同，筛选过程是通过期末考实现的。一般来说，只有一半的入学者通过。考试——先是笔试，通过后还有口试——是评价学生成绩的唯一方式。上课和听讲座不是强制性的。大家可以根据兴趣或需要去听。假设你读了指定读物，那么零星听几堂课就能应付过去。考试在结课后进行，我第一次参加考试是在1939年6月。

我上的其中一门课叫"19世纪的法国小说"。老师要求我们阅读巴尔扎克、司汤达以及福楼拜。没人提前知道会考哪本小说或哪个作家。笔试部分在一个巨大的房间进行，所有学生集体参加，从试卷提供的选项里选一个题目写一篇论述文。考试可以持续三小时，取决于你的速度、详细程度和你有多少话可说。我在考试时选了"解释为什么巴尔扎克是现代法国现实主义之父"的题目，认为它比其他题目简单。我用整整三个小时写了一篇很长的论述文。如果你过了笔试，几天后你的名字会出现在一张公开贴出的名单上，然后你就进入了口试部分。名字按成绩排列。我读到下面——很长一段距离——才找到我的名字，几乎到底了。我擦线通过。

因为我作答时的热情和我对该主题的熟悉程度，我以为我会在名单上更高的位置。当我靠近举办口试的教室门口时，我很难不怀疑自己是否准备充分了。当我进入令人生畏的房间时，我立刻看出情况对我来说不容乐观。坐在那里的是三个严厉的教授。他们开门见山。第一个说："你的论述文写得不错，但是你的分析敏锐度有待改进。你凭什么给巴尔扎克审稿？"

在我的文章中，我解释道，尽管巴尔扎克确实是现代法国现实主义之父中的一位，但他有点做过了头。我用一句简短的评论表达了这个观点，但未给出论证。他们想知道我想说什么。我告诉他们在小说《高老头》的开头几章中，他对物质"现实"的描写包含了太多细节。有些描写没有推动故事的进展或真正强化氛围。但我没有过多阐释这点。我愿意承认说这并没有明显降低作品的价值。我想通过考试。在接下来的考试过程中，我设法对评审会说了些他们需要听到的话。二十年后我的批评被证明是正确的，尽管这些教授那时肯定不在人世了。一本巴尔扎克传记披露，这位作者尽管（或者由于）过着奢侈的生活，却（或者因此）总是一文不名，他是按字数收费的！

在大学之外，我继续我的漫游，看了我之前没赶上的所有戏剧，并且用我快速扩张的烹饪知识，尝遍了我吃得起的所有好餐馆。虽然我比较喜欢法国菜，但我也尝试了来自其他国家的食物。我形成了这样的看法：饮食就是盘子里的文化！

除了便宜酒吧，还有二手店可逛，这些地方的环境跟刚流行起来的新兴百货商店非常不同。漫游涉及一种好奇和思想开放的态度——不认为任何事情是理所应当的。过了一段时间，我意识到，尽管这种开放是必要的，但漫游完全不关乎超脱的观察，因为当我跟自己的感觉失去联系时，有一种迷失自我的真实危险。它也不关乎游手好闲或无所事事，而是一种对事物本质的积极搜寻。我认为其中的概念是极为人性的。这种哲学在 19 世纪的法国变得重要，当时正处于一场事实上的智力革命——一种"抵抗"，这场运动想方设法把我们的人性和诗意敏感保留在一个变得日益被理性计算所主导的世界。没有方向的漫游标志着接受意外和挑战，或者矫正相反的人类冲动：控制一切的欲望。我当时认为，现在依然认为，生命中某些最好的事情是意外发生的。我在不知情的状态下，被暴露在超现实的领域——有时，不知怎的，一个物体的单纯存在就能触发潜意识。

我从1938年9月起在索邦大学学习。一年后，1939年9月，当我即将开始第二个学年时，导致第二次世界大战发生的事件愈演愈烈。人人都知道战争即将来临。1939年3月，平民被发放了防毒面具。8月23日，苏联和纳粹政府签署了一个互不侵犯条约（史称《苏德互不侵犯条约》，也叫《希特勒-斯大林条约》）。

一般而言，在政治事件发生、报纸上能看到这些事件的新闻时，我习惯于做出自己的对于事态的解释。起初中立协议非常令人费解。如果你是左派并且同情苏联，你会觉得斯大林和希特勒之间的条约是一个可怕的背叛。如果你是自由派，你会害怕两个政权的联合很可能会征服欧洲。这两个反应我一个也没有，最终做出如下思考：

对希特勒来说，条约这一步令其无需双线作战即可征服欧洲。对俄国来说，这是一个争取时间的办法。希特勒认为他会快速征服法国，并与英国取得和解。一个德国控制下的欧洲新秩序很快就会建立。另一方面，苏联人猜测，即将来临的德国入侵法国只会重新展开第一次世界大战的堑壕战，由此会无限期地延续下去。从这个观点出发，这就有望导致同情苏联的革命。与此同时，它赢得了时间修建自身的防御工事。如果德国入侵波兰——它似乎正准备这么做——在苏联看来，这远不会显得像一个威胁它的侵略行为，而更像是在它和德国之间建立一个缓冲地带，因为波兰人极度反俄。

法国的共产党人对条约很满意，而自由派当局理所当然地反对它。8月25日，法国政府查封了几份共产派报纸，因为它们支持《希特勒-斯大林条约》。

1939年9月1日，希特勒通过外交渠道广而告之，如果法国和英国同意他吞并但泽和"波兰走廊"，他就不踏足波兰。他关心的主要是拥有大批德裔人口的地方。如果它们拒绝了，破坏慕尼黑协议的就是这些国家，而非德国。英法拒绝了。落入德国人手中的第一个地方就是但泽，同时，对波兰的入侵开始了。9月3日，英法向德宣战，标志着二战正式开始。

尽管我没收到父母的消息，但我希望他们在罗马尼亚平安无事。我担心在姆瓦瓦的祖父。如果德国人攻下了巴黎，索邦大学会关闭吗？我要做什么？

"虚假战争"（巴黎，1939年9月—1940年6月）

二战的第一场战役发生在9月1日，一艘德国战舰向但泽的一支波兰卫戍部队开火；这与希特勒入侵波兰同时发生。他的部队用为时三周的闪电战控制了这个国家。尽管英法和波兰签订了协助其防御外敌的协议，但西线无事发生。在接下来的八个月里，法国部队和英国远征军待在马其诺防线后，参加了一场被很多西方军事专家称为虚假战争的没有战斗的战争。连德国人都讽刺地称之为静坐战。马其诺防线包含了从卢森堡到瑞士的法德边境上的法国工事。德国人似乎不准备从那条防线后入侵，因此，在冲突的开端，似乎出现了一个僵局。

实际上，巴黎的生活，除了灯火管制外，没有多大变化。人们依然参加音乐会，去剧院，彼此拜访。我继续在索邦学习，但是我的生活发生了急剧变化。到这时为止，父亲转给贝尔热先生的钱还能顶住，但是它正在快速用完。很快我就得养活自己了。我别无选择，只得放弃我的公寓，搬进拉丁区索默拉尔街上的一家便宜宾馆，靠近索邦大学和克鲁尼博物馆。

让情况更复杂的是，尽管在某种程度上也缓和了问题，在这段时间里，我处于恋爱关系，对方是我在索邦认识的一个经济宽裕的年轻女人，叫丹尼丝。我们经常一起在卢森堡公园学习——这是一个舒适的公园，里面有个人造池塘，孩子们会在池塘里玩玩具帆船。我们在我的宾馆房间过夜，或者在她出资的更舒适的其他宾馆过夜。丹尼丝是个非常聪明的女人，我必须说她对于探索她的（和我的）性事有种近乎技术性的兴趣。我们以自己的方式彼此亲密，但从未形成强有力的情感纽带。就像我跟伊丽莎白的关系，我们的风流韵事草草收场——就在德国对法国的入侵终于到来时。

宾馆里有很多经济状况与我类似的外国学生。我们开始认识彼此，团结起来，集中我们的资源买食物，以此省钱。四根法棍给十个人分，比一人一根能撑的久得多，因为在后一种情况下，半根面包来不及吃就会变味。

我们的菜主要包含香肠、肉酱、奶酪和宾馆老板娘煮的白煮蛋。我们的主食是法棍。

在索邦的一门课上，我坐在一个叫伊斯梅尔的突尼斯学生旁边，他和我一样，对文学感兴趣。他养活自己的办法是去一家当地露天市场卖新鲜蔬菜，一星期去三次，他需要有人和他一起干。他想知道我感不感兴趣。由于我的资金快用完了，也没有找到工作的希望，我一口答应了下来。

我第一次接触他的"生意"是在巴黎中央菜市场，一个位于巴黎中心的大型水果蔬菜批发市场，容纳它的是一座钢骨玻璃大厅，让我想起我在漫游期间见过的类似的世纪末样式的建筑。巴黎的大部分新鲜水果、蔬菜和鱼在夜里由卡车运到巴黎中央菜市场。食物被整齐地分类，并且按质量区分。"食物中的精华"会卖给高端零售市场的买家和昂贵餐馆的大厨。伊斯梅尔的想法是在关门时间——就在下午3点前——带一个小手推车到巴黎中央菜市场，那时我们能用几生丁到1法郎的价格购入剩下的农产品。第二天早上我们会推着我们满载的小车去一家当地市场卖胡萝卜、韭葱、洋葱和其他蔬菜，利润颇丰。

我们必须在黎明起床，把小车推上陡峭的街道，但是到早上9点就收工，能准时去上课。在8月、9月和10月，一切都进行得非常顺利，但是在11月，天气太冷了，没法在户外工作。

11月初，本诺·爱泼斯坦，一个跟我们一起住在宾馆的罗马尼亚学生，得知夏特莱剧院在找临时演员。我去看了下情况。

在剧院，临时演员部门的领导想知道我有没有读过儒勒·凡尔纳的小说《八十天环游地球》。

"当然了——实际上读过好几遍。"

他看起来不太相信我。我继续说："它讲的是伦敦的菲莱亚斯·福格和他仅用八十天绕地球航行一周的尝试，目的是赢得2万英镑的赌注。"

他挑起眉毛，被这句概括说服了。"很好。夏特莱六十四年无中断地上演一部基于那本小说的戏剧——超过两千场演出。临时演员来来去去，经常像现在这样缺人。你不用说一句话，但是得换五六次服装。报酬是晚场演出12法郎50生丁，星期三和星期六的下午场双倍。你感兴趣吗？"

"感兴趣。"我回答，心情中混杂着兴奋和宽慰。报酬足以满足我们的需要，尽管事实上它在经济上倒退了一步。我们贩蔬菜赚得多一点。但至少我会在室内工作。我确实感兴趣。

"顺便说——或许你有朋友也感兴趣。"

"事实上，我确实有。"我回答。

"很好。叫他们来见我。"

我跟其他人讲了这个机会。伊斯梅尔就像我认为的那样，宁愿当一个暖和的临时演员，而不是做一个冻僵的商人。

在接下来的七个月里，我的宾馆伙伴和我出现在戏剧里。不上台时，我们在更衣室钻研学业。演出后，我们会跟芭蕾舞团的女孩出去约会。

一天，在下午场演出前，负责临时演员的人想知道我是否熟悉最后一幕。

"当然了。我是船员之一。"

"你觉得你能演船长吗？"

"肯定可以。我甚至知道台词：'笔直开往利物浦'。他伸直右臂，指向前方。"

"很好，从现在起你就是船长了——报酬翻倍。"

我开始演这个角色的第一周后，在一场演出时，当我说出台词，便传来一阵喝彩和掌声。它来自剧院后部最高的包厢，夏尔和我其他几个朋友买了最便宜的票来捉弄我。顺着他们的喝彩，我抬头看向第三包厢并鞠躬。

我的演员生涯结束于1940年5月。

月初，德国人找到了绕过马其诺防线的办法。他们在5月10日入侵，轻松地让荷兰跟比利时先后屈服。尽管听说了这个严峻的消息，丹尼丝和我依然离开巴黎过周末，待在塞纳河畔一座美丽小镇上的一间小宾馆里，顺便说，那个地方很受艺术界的欢迎。当时是清晨。突然，陌生机动车充满威胁的轰隆声吸引了我们的注意。我们走到窗边，看见宾馆前面的街上有一排坦克开过，我们得知它们是去应付德国人的，后者已经到了比利时，正在朝法国挺进。

我们还没谈过如果战火真的烧到巴黎，我们要怎么办。我们现在谈论它。丹尼丝说她想拜访乡下的亲戚，然后在那里决定接下来怎么办。我没有明确的计划，但是夏尔和我讨论过参加法国军队。丹尼丝和我在那天分开了，我再也没见过她。

5月12日，我回到巴黎，和夏尔待在一家咖啡馆。我向他谈论着丹尼丝，对我们的分手感到有点忧郁，虽然我得说也没那么难过。当我谈起和女人的关系，尤其是我的性冒险时，总是让夏尔有点紧张。他比我大一岁；他是一个高大英俊的法国人，而我是个有点矮小的外国犹太人，但不知为何，他从来不能像我那样自在地吸引女人。夏尔试图贬低丹尼丝的性自由，在我看来他的语气有点假正经。突然，我们听到咖啡馆的收音机响起一个代表法国最高指挥部的声音，它宣布德国敌人在色当北部发起了大规模进攻。夏尔和我面面相觑。对我们俩来说，现在法国人和他们的英国盟友似乎不可能阻止纳粹了。然而，通知后紧跟着一个乐观的声明，大意是我们正在进行值得赞扬的抵抗，我们的灵活防御正在发挥奇效，以及我们的部队正在击退德国的攻击，正在使敌人遭受巨大损失。任何明显的溃退都被称作"战略撤退"。

接下来几周的每一天，日复一日传来愈发不可信的宣布战术胜利的公告，但是到 5 月 21 日，我们其实已经在法国境内 45 英里的拉昂战斗了。五天后，阿布维尔和亚眠被希特勒的军队攻下。由于法国的报道对此保持沉默，我们是从瑞士广播才得知德国人到达了海峡，并把我们的军队拦腰截断的。在那之后，要隐藏真相就更难了。

我们的部队其实在仓皇溃退，没人再称之为"战略撤退"了。被包围在敦刻尔克的狭小地带的整个英国远征军以及法国第 1 集团军，正被无情地推回海岸。5 月 28 日，加来陷落，比利时投降，而法国人很高兴他们有别人可责怪，能把自己的损失归咎于对方。

6 月第一周的一个下午，夏尔和我坐在卢森堡公园的一条长椅上，正在谈论战争。我和丹尼丝不在巴黎时，夏尔和家人的冲突至少暂时缓和了。迫近的德国入侵能让爱国的法国人团结起来——甚至包括反犹和极为保守的那些。夏尔的父亲曾是一名"绥靖派"，想不惜一切代价与德国和平共处，但他对目前的德国入侵并不满意。夏尔的爱国主义几乎发展成了暴怒。他想立刻加入法国军队。对我来说，我想先思考一下。我爱法国，但它并不是我的祖国。我真正的家园已经被纳粹占领了。外国人有可能加入法国军队吗？我很快就会发现这是不可能的。

在夏尔和我的坐位几英尺外，一个衣冠楚楚、翻领上别着代表杰出服役功勋绶带的年长男人似乎在听我们谈话。"别担心，"他说，"什么都没失去。1914年的情况完全相同，但是我们在凡尔登阻止了他们！"他说这句话时脸上带着一个自鸣得意的微笑。"法国还没到坐以待毙的地步。凡尔登还没被攻克。我们很快就会扭转形势，等着瞧。我们最终会阻挡他们的，看在上帝的分上！我们会做出行动的，一定会的！"

每天早上起床时，我都希望读到"成功反击"的标题，但它从未出现。另一方面，每天早上瑞士广播告诉我们有多少平方英里的领土和多少城镇被夺走了。晚间新闻时间，夏尔和我走在街上，从一扇扇窗户传出的收音机声里，我们能听到新闻。人们在听瑞士电台，或者有时听斯图加特传来的新闻。很少听到有关战败的法国报道。

6月，德军到来前的那个星期，巴黎前所未有地美丽。晚春的花朵盛开，树木换上了最绿的盛装，林荫大道上衣着时髦的人们熙熙攘攘。但是在这些欢乐的外表下，阴郁的问题隐约可见。我必须离开巴黎并且再也回不来吗？德国人会做什么？他们会轰炸这个珍宝般的国际大都会，摧毁它华美且品位上乘的建筑吗？巴黎精神本身会被踩躏和摧毁吗？

来自法国北部的难民涌入巴黎，徒步赶来，也借助任何带轮子的工具。有传言称，很快会空投德国伞兵，第五纵队无处不在。跟很多人一样，我不相信法国会如此轻易地投降并且放弃巴黎，但是也看不到有人在为武装抵抗做准备。

溃败（巴黎和巴约讷，1940年6月）

6月13日早间，德国人还没到巴黎。夏尔和我走在名叫大军团的大街上——现在看起来颇为讽刺。夏尔看着我，显然很苦恼，他脱口说出我也在思考的话。

"我不能再忍受现状了。我得做点什么。我要去应征，在他们找我之前。"

"我和你的想法一样。我们明天去荣军院的征兵处吧？"我提议。

"为什么不马上去？"夏尔坚持说。

在地铁里，我有点紧张——我的天性是在行动前思考。

我不习惯被感觉带着走，但是夏尔庄重而坚决的表情打消了我的犹豫。我只是跟着他。地铁车厢的格格响声让我闭上双眼，在脑海中，我能听到《马赛曲》激动人心的歌词："光荣的日子已来临/奋起抗击残忍的敌人。"

一出地铁，走在去征兵处的路上，我深吸一口气，试图反思暴力和战争的做法。我想不通为什么拿起武器是必然之举。

在荣军院入口处，一名中士给我们指路："左边的C号楼，一楼，14号办公室——在那边。"他指向一个空院子的对面。除了停在中央的两辆卡车，那里空无一人。穿过院子，我们注意到一个拿着文件的男人朝车辆的方向走去，还有一些士兵在把抽屉里的东西倒进一小堆火里。他们在做什么？无疑是预计到德国人的到来，在处理棘手的文件。

在 14 号房间，一个样貌严厉的中士坐在一张大木桌后。

"你们为什么来这里？"他的语调让我们马上站直。

"是的，长官，我们自愿入伍。"夏尔说。

"我需要你们的身份证件。"

我们把身份证滑到桌子那头。他很快瞟了它们一眼，开始看夏尔的。

"好的，勒瓦瑟，明天早上去巴黎部队总部报到。现在没别的事了，士兵。"

夏尔看了看我。"我在外面等你。"他一边出去一边说。

"你们是怎么认识的？"中士询问。

"好吧，我们是高中同学，也一起在索邦大学上学。"

他再次看了看我的身份证。"你是法国人，不是吗？"

法国的身份证除了出生地之外，看起来都一样。

"不，长官，我出生在但泽自由市。"

"那么，也就是说你是德国人。"

我觉得暴露我的德国教育并不明智。"不，先生，我是波兰人，我的父母来自波兰。"

"尤斯图斯，这是个波兰名字吗？"

"不，长官，这是个拉丁语名字。罗马人使用它。意思是正人君子。"

"好吧，随便了。你是波兰人，你不能加入法国军队。如果你想应征波兰军队，你得去他们在布列塔尼的科埃基当的征兵训练营。"

他签了一份文件，把它递给我。

"我怎么去科埃基当？"我问。

"自己想办法。巴士和火车已经不往那边开了。"

夏尔知道科埃基当，位于巴黎西南大约215英里外。去那里最快的办法是坐地铁到索镇①，差不多是同方向。

你可能会想，我应该感到害怕、迷茫、充满愤怒或困惑。事实上我很激动。正如我在两年前出发去巴黎时那样，我准备好了迎接降临在我身上的任何事情。如果我有任何恐惧，那也跟波兰人有关。其实我在但泽认识的波兰人很少，我所听说的也不是什么好事。波兰人当中有不少反犹分子：他们的大学对犹太人实行种族隔离，强迫他们坐教室里隔开的座位；还有入学限额等。但是我想得最多的还是怎么去科埃基当这个实际问题。

夏尔和我道别后，我去了宾馆，把几样东西装进帆布背包，然后出发。

一出地铁我就开始和成千上万的人、汽车和马走在一起，他们排成一条延伸到天边的队列。我不知道他们要去哪里，但我觉得跟着走没错。我们缓慢前进，似乎走了数小时，却只推进了一点点。最后，在一个十字路口，我向一个试图指挥交通的宪兵出示了我的证件，事情终于有了些许进展。他拦下一辆前往图尔的军用卡车，让我上去。我不记得图尔位于巴黎南边。在困惑中，我一定认为只要远离巴黎，就多多少少是在前往科埃基当。卡车的行驶和筋疲力尽让我睡着了，尽管我经常惊醒，因为一个错综复杂的长梦而迷茫不已。我梦见我坐在火车上，离开但泽的家人。随后出现了我跟伯伯待在一起的那周的画面——他的青春故事在我的脑海中反复浮现——他如何去政治集会，从家里的窗户溜出去——或者他如何把政治小册子塞进城里人家的门缝。我向自己保证，等恢复和平了，我会跟我如此敬仰的叛逆伯

---

① 索镇位于巴黎南郊，距市中心约10公里。——译者

伯生活在一起。

我也经历了一场噩梦——成群的人试图挤进卡车或放火烧掉车子,飞机用机枪向我们扫射,让我的衬衫浸满鲜血。我醒来时焦躁不安,满身大汗,看到逃离巴黎的队列还没到头。队列和我们自己所走的路,法国坦克也在走,它们与我们方向相反,要接近城市。德国飞机在头顶上低空飞行,骚扰军用车辆,造成了平民伤亡。我不认为飞机有意瞄准平民——可我在一辆军车上!

我们开了大约两小时,期间,我在卡车后部的一个麻袋上睡着了,而我周围的其他士兵——有七八个——也睡在麻袋上或板条箱之间。有一会儿,我爬到卡车后部往外看,小心翼翼地不打扰熟睡的士兵。我看到没有尽头的行进队伍,蔓延数英里。它肯定一路延伸到图尔,甚至更远处。在某刻,卡车停了,我以为我们到了,但那里没有房屋。

一名宪兵靠近我们,要求协助。我们的车辆是唯一与难民行进方向相同的军车,他需要有人帮忙指挥交通。几分钟后,我们没有发车,于是我扭过脖子看发生了什么。司机站在路边,跟两个男人说话。同车的另一名士兵也在观察这场对话,他对司机大喊:"我们要在这里睡觉还是怎么的?"

"图尔今天上午被轰炸了两次,"司机回答,"到处都是死人。"

"那些德国混蛋,"卡车上一个士兵看着我说,"没什么能阻止他们了。"司机回来,再次发动卡车。

当我们那天晚上终于到达图尔时,我看到了司机所说的:到处是尸体和受伤的人。我们下了车。似乎没人注意我,因此我走向一名宪兵,告诉他我过来是想去科埃基当入伍波兰军队,问他怎么去那里。

"好吧,年轻人,你来得真不是时候。人人都试图离开这里。我甚至不知道科埃基当有没有剩下任何波兰部队。轰炸肯定没法改善通信,让人了解图尔之外的情况,"他想了一会儿,补充说,"不管怎么说,去拐弯处的部队总部,看看他们想不想收你。不出意外的话,他们也许会给你一个睡觉的地方。他们可能有南下尼奥尔或波尔多的卡车,可以让你先在科埃基当下车。"

我找到了部队总部,但那里几乎没人。我确实了解到有一辆卡车会在第二天中午出发,它可能会带我去科埃基当。我需要做的就是在院子里等,不要跑得太远——没人会来接我!我在一栋白色大楼的墙角安顿下来,试图再睡一会儿。

我被可怕的警报声弄醒。发生了什么?我从未受过如此的惊吓。警报器本身一定离总部很近。在总部大门后的街上,我看到士兵们冲出建筑物,穿过院子,前往大街。一名军官,或一名副官,冲我喊道:"嘿,你!别呆站在那里——跟上其他人!"那一刻我听到了飞机的声音,开始奔跑。

我问在我旁边奔跑的副官:"我们去哪里?"

"去马路对面的建筑。那里有掩体。部队里没有。"

"掩体容量 80 人。"这是门框上方的铭文。我跑进去,走下一段散发酸酒和霉菌气味的黑暗楼梯,同时我头上的土地震动。一张蜘蛛网粘住了我的脸。随着炸弹如冰雹般落到城里并持续了一段时间,地面和墙开始晃动。我不太想说话,别人也是。空气似乎和地面一样,以相同强度颤抖。雷鸣般的炸弹声如海浪般袭来,那确实会被误认为雷声,但我们都知道这不是那种性质的风暴。当它终于停止时,我们只是站在那里,无言地看着彼此,想知道它是否真的结束了。

"我觉得停了。"有人说。

我们再次看着彼此,我吸了一口气。有一瞬间我觉得好点了,但是地面开始再次晃动,不过这次似乎远了一些。出现了一段新的平静,不料被某人的尖叫打破。声音似乎来自楼梯或掩体的走廊。另一波炸弹落下了。尖叫声没停,只是现在更像哀号了。

"有人在上面。"我旁边的一个人说。我们两个去看了一眼。突然,外面的亮光从我们的脸上闪过,我能看到一个刚打开门的男人。他怀里抱着什么东西。他靠在墙上,似乎无法走下来,虚弱地呻吟。我们迎上去。他朝我们走了几步,然后发出一声可怕的尖叫——怀里的东西是他的肠子,血淋淋的。在任何人能做任何事之前,他倒下,死了。

这本可能是我。我本可能在那里,倒在两名士兵的脚下,腹破肠流,衣衫褴褛,只剩一具毫无生命力的遗骸。除了能在他人身上唤醒恐惧外,这堆血腥肉体再无意义。在战争中谈这么多尊严和美有什么用?死后这些尊严和美哪儿去了?意义上哪儿去了?这场面让我想起我读过的一部战争小说——雷马克的《西线无战事》。死亡中无美可言,它只存在于生命中。美是活着的东西。我明白了,死亡是终点,在两名士兵脚下这堆血腥死尸的画面之前,任何关于灵魂的空谈都黯然失色。我想,我自己也不过是血肉之躯。灵魂在哪里?我在生命中从没感受到它的存在,为什么我会在死亡中感受到呢?如果活下来,这个人本可以做什么?战争从他身上夺走了什么样的未来?最终,他被停止,被冻结。

当然有人会说,生命本身就是一个肮脏的骗局,这个可怜的家伙不会再受伤害了,再也没有东西会来折磨他了。可是他想死吗?我不这么认为。即使他的整个人生都很失败,被悔恨或恐惧折磨,可是他想死吗?他抓墙的样子,他试图把肠子塞回去的样子,他向我们喊叫的样子,他极度痛苦的最后时刻——这种痛无疑存在于他的生存意志和临死的身躯之间的鸿沟。他也许像我一样,是一个继续希望,也许是愚蠢地希望自己能改变世界的人。他现在回到了出生前的原点,生命之外。无论如何,他肯定会"永垂不朽",被一块金匾纪念,"6月

THE ART OF RISISTANCE 059

16日轰炸受害者",但他再也不能改变世界了,至少不是以他曾经想用的方式。他死了。

我们把他的尸体靠墙平放在楼梯底部。我在旁边找到一个旧袋子,用它盖住尸体。我看着他,心里充满一种奇怪的怜悯,好像在看自己的倒影。

飞机的声音消失了,但是待在楼下依然更安全,因为解除警报还没响。我坐在这个地下掩体的潮湿地板上,同时士兵们告诉我们他们看见的景象。当我的手再次触摸地窖地板时,我好像做了另一场噩梦,看见自己脸朝下躺着,同时飞机在上空咆哮而过。这感觉攥住了我,我确信,即使只是一瞬间,炸弹再次投向我们,大地在颤抖,我躺在上面,肚皮绽裂。一枚炸弹就能摧毁我们,结束一切,我意识到——生死之间的屏障如此薄弱。我想到了这样的死亡,还没真正活过就死去,因为到此刻为止,我只知道学习和青春期,还没取得任何重大成就。我的整个生命似乎是一片虚空,一部巨大而怪异的喜剧,一片孤独的沙漠,没多少人会记得。

我一定喊出了什么话,因为有人把我从幻想中摇醒,其他人困惑地看着我。"抱歉,"我说,"我一定走神了。"我心想,我一定不能死,这样我才能活着,体验每一分每一秒。我想吃、想喝、想做爱,想躺在热沙子里,让海浪轻轻拍打我。

解除警报响了。

几个士兵告诉我,本来要接我的卡车被瓦砾压碎了。他们不知道哪里能找到另一辆车,此外,目前他们有别的事情要处理。下午晚些时候,我确实在城里另一边找到了另一辆车,很快我就出发去科埃基当了。谁知道我到了那里后会发现什么。

这次卡车走小路带我去波兰军营。我们到达时太阳已西沉,我跳下车,感到一阵冷风。营地或营房里人不多,我开始怀疑是否来对了地方。也许人员已经撤离了？我乘坐的卡车已经出发，在尾部留下一小股尘烟。我听到军营的一扇窗户里传来说话声，于是走上前去。我看到一盏灯亮着，过去敲了门。

一个大约四十岁的男人开了门。我向他解释，我在找波兰征兵处。他把我带到另一栋建筑，那里的灯更多。

"到了。"他说。

"谢谢。"

"进来。"另一个男人说，讲的是带波兰口音的法语。他全副军装，饰有勋章、绶带和肩章。一名军官。波兰人就像德国人那样讲究制服。他试图让自己显得很正式，但他坐在一张小桌子后，很像巴黎征兵处的那张。他立刻拿起我的证件，但没有看。

"我在巴黎入伍，他们叫我来这里。"

"你来晚了，年轻人；我们正在撤离军营。只剩大概 30 个人了。你说你是从巴黎来的？花了多久？"

"三天。"

"走路来的吗？"

"走了一段路……"

"挺不错的！"

我们谈话时，他用一种严厉而心不在焉的方式摆弄我在巴黎拿到的表格。他看到备注，"批准于 1940 年 6 月 16 日到科埃基当军营报到"，他的态度变了。

"好吧，你甚至到早了！你是从哪里来的？"他翻阅文件，我看到他边阅读边皱眉。"嗯……拿你怎么办呢？从今天早晨起，我们就在将所有的波兰士兵撤到英国。法国是个笑话。整个法国军队混乱不堪。他们不停地写他们永远无法执行的部署命令。"

"我该怎么办？"我问。

"我该怎么办?"他带着强调说,"你觉得我要拿我摊上的这些人怎么办?大多数人入伍只是为了逃跑,所以我在这里问你,你真的想打仗吗?"

那一刻,我有强烈的冲动打他,而非德国人,但我让他继续说。他说他们有很多"像我这样的人",他的意思是波兰犹太人,他们不知道拿这些人怎么办。当他停下来喘气时,我平静地问他:"那就是说我得走了?能把证件还给我吗?"

"别对我无礼!我能把你关起来!"

"什么,我不能走?"他没有回答,却拿出一本大日志簿,开始翻阅。他左手拿着我的证件,对比文件,嘴里念叨着:"罗森堡。"

"……对了……你在这里!"他指着登记簿里我的名字,"你的名字三天前从巴黎送过来了。"然后,他好像又在自言自语:"我想我必须接收你。这是我的命令。我得派你去巴约讷,但问题是,我没有交通工具,所以明天早上你得跟其他人一起上路,你愿意的话,可以用任何办法到那里。如果你想从巴约讷附近的圣让德吕兹去英国,你得自己想办法到那里。好了。你今晚睡在这里。去亮着灯的第一个营房。把你的证件拿回去吧。"

我绕营地转了一圈。现在几乎入夜了。实际上有好几个亮着灯的营房。我选了一个里面没人的。我必须考虑清楚,我宁愿一个人做这件事。此外,这个有点暴躁的军官,他的反犹主义对我来说显而易见,他暂时夺走了我跟其他人相处的欲望。有一张床就行了。

我意识到,首先,我必须拥有一张能看到巴约讷准确位置的地图。(它位于地中海沿岸,在西班牙边境和圣让德吕兹以北,后者是很靠近它的一个港口。)然后我需要吃东西。最后我得找到一个去那里的办法。军官说"自己想办法",带着满身的装饰品和傲慢。我会到巴约讷,让他瞧瞧,就算他们不想要我加入部队。我会自己设法做到,无需任何人的帮助。无论如何,那样更好。每个人为自己负责。我逐渐厌倦了我见到的军队景象以及它此时毫无帮助的指示。

小睡之后,我再次思考我的三个问题:我得找到一些食物,我得搞清楚如何到巴约讷,以及我得知道如何快速到达那里。

我能从哪里找到地图呢?最有可能在指挥官办公室。我记得在墙上见到过一幅地图。指挥官不睡在那里——办公室很小,没有行军床,连一把舒服的椅子都没有——这意味着,既然已是深夜,我能轻而易举地进去。我安静地溜进他的办公室,开了灯,能在地图上看到怎么去巴约讷,大约往南290英里,要走很多法国公路。我把地图从墙上取下,折起塞进口袋。

我注意到食品储藏室位于跟办公室相邻的一个房间,然后我扫荡了它。门(在总部外面)上了锁,但幸运的是,一扇窗户虚掩着。我爬了进去,一到里面,我就发现低处的架子上有一条不新鲜的面包,最高的架子上有一盒食用糖和三块又硬又霉的奶酪。总比没有强。

总部有一个车库,门开着。里面没车。事实上,即使有某种机动车辆,我也不知道怎么开。确有一辆摩托车,但轮胎是瘪的,我真希望有一辆自行车。因为找不到交通工具,我能想到下一个最好的办法是获得一些燃料,寄希望于以此为筹码让人捎我一程。车库旁的小棚屋里有一堆相当小的空罐子,但在一个工作台下,我找到几罐还有汽油的。角落里有一个旧帆布包,足够装几个罐子。我尽可能多地把它们塞进去,然后把包扛在肩上,步行出发。

严格地说,这是盗窃行为,但是指挥官叫我用我认为必要的"任何办法"到达巴约讷。此外,由于我进了部队,而这些是部队的物资,我的良心没有不安。尽管如此,害怕有夜班哨兵,我带着货物从军营后部的篱笆翻过,而不是走大门。我的旅途开始了。

THE ART OF RISISTANCE 063

大约一小时后，我的负荷就重到无法继续携带，因此我不得不每走几英里就休息一下。我在月光下看地图——夜色明亮——我能辨认出几个指向正确方向的路标。在我下方——我走在一条穿过群山的大路上——我能看到原本在田野里休息的其他难民开始醒来，天边的小镇飘出缕缕炊烟。

道路通往小镇。当我到达时，我发现镇广场上有一个喷泉——不是装饰性的，而是有水泵的那种——我终于从那里喝到了水。我见到一辆摩托车靠在一棵树上，再过去是一个年轻男人，显然是车主，正在甩去残余的困意。

"这是你的车吗？"我问。

依然半睡半醒，他咕哝道："什么？哦，对，是我的。"

"汽油用完了吗？"

"没有，但是快了。"

"我能匀你一些，如果你愿意载我的话。我得去巴约讷。"

前往巴约讷的道路经过波尔多，我们下午到达那里，摩托车主不会再往前走了，因为他的祖父母住在波尔多。"为什么你不跟我来呢？"他提议，"来跟我们吃点东西吧。"我们没说过什么话，因此这个邀请出人意料。我正为如何快速到达巴约讷而发愁，但是我饿了，所以暂且丢开忧虑。

"我很乐意，"我说，"但我没有太多时间。我还得搞清楚怎么到达目的地。"

"我祖父认识这里的很多人。也许有人可以帮你。"

"抱歉，但我不知道你的名字。"

"我叫弗朗索瓦，你呢？"

"尤斯图斯。"

"什么？这不是法国名字！你不是法国人？"

"不是,我出生在但泽,我现在似乎是波兰人。"

"啊,但泽。我不太懂地理……它具体在哪里?"

"波兰西北部,波罗的海沿岸。"

"在我祖父母家,别提这点——别提那个名字。他们不喜欢外国人。就说你叫'朱斯坦'。"这是我第一次体验使用假身份!在接下来几年里,这样的经历会有很多。

我们很快到达弗朗索瓦祖父母的家,吃了一顿丰盛的大餐。他们坚持说太晚了,我不应该继续上路,让我睡一张备用的床。我急于到达巴约讷,但我也相当疲惫,因此没有拒绝他们慷慨的提议。在睡着前,我听了收音机播放的贝当演讲,他宣布自己正在要求停战,法国被打败了。他们现在愿意接受一个"光荣的和平"。

我对贝当了解不多。我知道他是一战的凡尔登英雄,从那时起就多多少少是政治右派的重要人物。法国如此轻易地投降,我并不高兴。我之前想加入法国军队,然后因为事实证明那不可能,我正在加入波兰军队的路上。当时有很多波兰人住在法国。他们来到这里,一方面是因为法国需要他们的矿工技能。但是更宽泛地说,法国和波兰的高雅文化之间存在联系。只需想想亨利·肖邦。我假设波兰部队会和法国人一起打希特勒,但现在会发生什么?贝当的右翼倾向无疑使他有可能在德国统治下领导法兰西,但是在这份停战协议里,他会被迫同意什么?再一次,我担心法国会制定反犹法规。我没有别处可去,因此我想我最好还是去英国加入波兰人。

第二天,一个为弗朗索瓦的祖父工作过的卡车司机,同意带我去巴约讷。有巴士从巴约讷去圣让德吕兹,我还从卡车司机那里得知,英国人派了船到那里接波兰人,他们开始组建一支军队了。然而,巴士晚了。到达时,我注意到海港里没有船,因此我找了一个附近的警察局。里面有一名警官告诉我:"如果你稍微早一点到这里,你就能跟士兵们一起登上一艘船,但他们已经走了,别问我什么时候会有另一艘。在贝当签署停战协议和我们知道纳粹打算做什么之前,这个海港的一切都处于停滞状态。"

"你说船在几小时前开走了?"

"哦,甚至没那么久。从镇子尽头的岬角,你还能看到它们。"

"太糟了!我是一名有经验的水手。其实,我刚在八十天里环游了世界!"

我走开了,留下满眼诧异的宪兵,跑上通往岬角的小山。海洋看起来还不如夏特莱的舞台布置那样令人向往,在夏特莱,舞台工作人员像毛毛虫那样在上了色的帆布下蠕动,暗示海浪的翻滚。我抬手为眼睛遮挡阳光。我能看到一支微型舰队,在轻薄的带状烟雾下,飘向天边。看来,我不会在英国加入波兰军队了。

图卢兹（1940年6月—7月）

"事情不发生……只取决于来的人是谁！"

经过巴约讷的溃败后，我需要找到一个波兰领事馆。没人知道停战协议什么时候签署，也不知道里面会有什么条款。此时对我来说，最安全的做法似乎是坚持说我来自但泽，但身为波兰籍。能帮忙把我的状况合法化的最近的波兰领事馆位于图卢兹，在150英里外。在圣让德吕兹，我找到其他想加入波兰军却也错过船的波兰人。他们正在雇一名卡车司机带他们去图卢兹，他们让我加入。

我们开到了图卢兹。结果领事馆的状况比我们任何人预想过的都要混乱。当我们最终吸引到那里的一名官员的注意，轮到接待我时，官员对我说："告诉我们你的名字，过几天来拿去卡萨布兰卡的'任务执行令'，它能帮助你离开法国。"（这是一份派我去摩洛哥首都卡萨布兰卡的任务，摩洛哥是法国殖民地，在战争期间保持相对的开放。）

"这段时间我待在哪里？"

"能找到哪儿就待在哪儿吧。"

德国入侵法国后，图卢兹的人口在两周内翻了两番，达到约100万人。它已经充满了难民。除了最奢侈的那些，所有酒店都人满为患，人们睡在餐厅里、台球桌下、酒店大堂地板上以及酒店外的废弃汽车里。我在图卢兹的第一晚待在公园的长椅上，和一个有经验的难民共享，对方给了我两条有用的建议。"试试去一家最昂贵和最豪华的酒店，穿上你最好的衣服，坐在大堂里装饰得最好的椅子里。如果他们问你在那里做什么，告诉他们你在等预订了房间、很快就到的父母。这能奏效一晚上。在那之后，去帕克斯电影院，那地方为图卢兹社会党所有，座椅都换成了填满稻草的袋子，给难民们当床睡。如果你告诉他们在巴黎你属于德国社会主义青年联盟，他们就会让你进去。"

我找到了一家这样的酒店，它确实奏效了一晚上（尽管我没带旅行衣物）。第二天晚上，我去了帕克斯电影院，里面塞满了激进派和革新派难民——完整的左派政治光谱——社会主义者、无政府主义者、托洛茨基主义者、斯大林主义者、西班牙共和主义者——这造成了电影院和附近咖啡馆里的激烈辩论。

有好几晚，我睡在一个棕发小个子女人旁边，她三十五岁上下，告诉我她和丈夫加入了国际纵队，在西班牙内战（1936—1938）期间站在共和派那边战斗。她的名字是凯蒂娅·兰道。遇见她之前，我知道战争让佛朗哥将军领导的右派民族主义者和胡安·内格林领导的左倾共和派对立。民族主义者有纳粹德国和法西斯意大利撑腰，而共和派吸引的大部分支持来自墨西哥、苏联和国际志愿者。我对凯蒂娅坦白说，到法国后，我一直在不太认真地考虑加入一支国际纵队，但是到那时，战争几乎结束了。那是个血腥的冲突，杀死了近50万西班牙人。到胜利的民族主义者在1939年4月接管政府时，又有超过50万人逃离了西班牙，穿过比利牛斯山前往法国南部。我跟她讲了我的故事，然后她又跟我讲了更多她的故事。

她丈夫库尔特是一名奥地利社会主义者，一名托派，想跟斯大林主义者讲和，从而停止分裂无产阶级，这样他们就能共同对抗法西斯主义。在1936年的11月，凯蒂娅陪库尔特去巴塞罗那。他们是马克思主义统一工人党（简称"马统工党"）的成员。近来，在（1939年）5月，马统工党被共和政府宣布为非法组织，政府说共产主义者在分裂工人阶级，这样做是在帮助德国和西班牙的法西斯分子。她丈夫是马统工党执行委员会的一名成员，他躲了起来。凯蒂娅得知他被逮捕了，从此再没收到他的任何消息。她的一些朋友帮助她离开了西班牙，在巴黎安顿下来。当纳粹入侵法国时，她来到图卢兹，希望能取得一份去墨西哥的护照，那里对左派更友好。

我想知道为什么马克思主义者的团结对共和政府来说会是一个问题。凯蒂娅解释说，西班牙内战的真正悲剧在于无政府主义者和其他非共产主义的共和派，他们在联合起来占据多数，却永远无法和马克思主义者一起制定战略。斯大林主义者和托派的团结会增强马克思主义者的影响力，削弱其他人的影响力，并加剧他们之间的冲突，因为共产主义者不再分裂了。

一天下午，我们正在谈话，一个叫米丽娅姆·达文波特的年轻女人来拜访凯蒂娅。凯蒂娅和米丽娅姆是在巴黎成为朋友的，当时她们住在拉丁区一家很小的宾馆里。米丽娅姆邀请我们出去吃点东西。她是一个相当娇小、苗条的年轻女人，经常咯咯笑，她把自己淡金色的头发中分，从额头一路梳到后颈，编成辫子，以某种方式叠在头顶，给了她一副不可能混淆的，甚至相当端庄的样貌。

米丽娅姆做了自我介绍，说她是一所美国大学的毕业生，获得了去巴黎大学也就是索邦大学攻读艺术史博士学位的奖学金。德国军队会威胁巴黎的情况一旦变得明显，索邦就决定在图卢兹大学举办期末考试。

"如果我不是在想办法离开法国，我也会在这里考试！"我告诉米丽娅姆。

"我也不会待在这里。"她回答。"我要去马赛找美国大使馆更新护照。我要咨询南斯拉夫签证，并申请意大利中转签证。我的未婚夫是斯洛文尼亚人——他住在卢布尔雅那——我想和他结婚，带他回美国。你知道的，"她继续说，"我觉得你从马赛离开法国的可能性更大。我给你我要待的宾馆地址，以防你需要帮助。"

我们又聊了一会儿，米丽娅姆开始拿我的名字开玩笑。"我应该怎么叫你？我不能叫你'尤斯图斯'。你是'罗森堡法官'吗？也许我会叫你'尤斯'。嗯。'古斯'怎么样？"

"不不不，"凯蒂娅说，"太德国了。太像'古斯塔夫'了。'古西'怎么样？"

"太棒了，"米丽娅姆说，"我们会叫你'古西'！"不知为何这个名字流传了开来。我成了"古西"，后来她也这么把我介绍给她在马赛的朋友们。

此时米丽娅姆说她在别处有约，向我们道了别，离开了餐馆。

米丽娅姆走后，我问凯蒂娅："她几乎不认识我，为什么对我这么好？"

"哦，我不知道。也许你让她想起了她弟弟。在他们的父母死后，她不得不照顾他。他现在大概十五岁。你确实看起来比实际年龄小，如果她发现他身处你这样的境地，肯定会去救他的。"

"你觉得她说得对吗——我应该去马赛？"

"我觉得她说的或许有道理。"

1940年6月20日，正午时分，我站在城市广场等待聆听最新消息，新闻一般通过扩音系统广播。扬声器响起，宣布说："法国和德国同意终止当前的战事。"

6月22日,在希特勒的坚持下,停战协议的签署将在贡比涅森林举行,正是在那里,协约国和德国签署了终结一战的停战协议。法国现在是一个分裂的国家:德国部队会占领所有北部和西部的港口以及关键铁路枢纽,还有大约55%的法国领土。卢瓦尔河以南到地中海的区域依然是"未占领区",由维希政府统治。

强大的法国海军永久停泊在土伦,马赛以东30英里的大型城镇。法国陆军从今以后会在人数上受到高度限制。我不确定双方同意的部队最高人数具体是多少。根据停战协议的"第19条",现在得到官方认可的维希政府被要求"一经命令"便交出纳粹想要的任何德国人。作为对法国停战代表团的抗议和公众反对的回应,德国代表们表明他们会把引渡限制在极少数人身上。事实上,他们在协议前两年遵守了承诺,至少就从未占领区的引渡而言。但是如今已消亡的法兰西第三共和国的著名格言自由、平等、博爱(实际上从法国大革命起就是法国的集会喊声),会被替代为劳动、家庭、祖国。

我继续待在帕克斯电影院,试图决定是否去马赛。

马赛,法国第二大城市,现在是未占领区的非官方首都。对我来说,在新的政治状况下应该做什么还不清楚,但如果我决定离开,去那个地方获取签证最为方便。马赛确实是寻找离开法国的出路的最佳赌注。

去马赛,在马赛 (1940 年 8 月—9 月)

从图卢兹前往马赛的火车极为拥挤,想上车必须有杂技演员般的灵活身手。有人从窗户爬进去,另一些人则强行打开了火车最后一节车厢的紧急后门。由于无法穿过火车上密集的人群,检票员放弃了收车票。空间如此之小,以至于有人坐在座椅上方的加固网上。

我把手提箱丢弃在站台,设法登上了火车,因此当我在后半夜到达马赛时,至少不会被包拖累。包里只装了几样必需品——没什么扔了会后悔的东西。我把所有重要证件装在一个小袋子里,放在身上。我在黑暗的街道上游荡了一小时,试图找到米丽娅姆的宾馆。当我终于到达她给我的地址时,我不确定是否来对了地方。建筑看起来更像一个升级版军营,而不是宾馆,尽管入口上方挂着硕大而浮夸的金色字母:"贝尔艾尔天堂宾馆",真是名不副实。它本来就算不叫"地狱",也该叫"炼狱"。希望它的住客只是从此路过!

因为时间太晚,大堂灯光黯淡,里面没有椅子或沙发。门房趴在桌子上睡着了。不知道房间号,我怎么能到米丽娅姆的房间呢?我不得不叫醒他。显然很恼怒,他怒喝:"你没看到门口的牌子吗?客满了。"

是时候进行快速思考了。"我看到了,先生,但我不是来订房间的。我来这里给我表姐传递紧急消息,她住在这里。"

"对方是谁?"他询问,挑起眉毛。

"她的名字叫米丽娅姆·达文波特。"

他从头到脚打量我。"你是说发型奇怪的美国女孩?"

"就是她,先生,"我点头。"我能把消息送去她房间吗?"

"把消息给我吧。"

我继续快速思考:"抱歉,但我不能这么做,先生。它非常……私人!"

他认为自己正在目睹一次现代罗密欧和他的朱丽叶之间的幽会,他说:"橡子下最后一层的607号房间。电梯坏了。你得走上去。"

尽管在乘火车和街上漫游后筋疲力尽,我还是设法爬上楼梯,小心翼翼地敲了敲标记着607的门。没人应答。我再次敲门。

"是谁?"

"古西,从图卢兹的帕克斯电影院来的。"

她开了门,拉我进入房间,轻声说:"嘘!进来。"我们非常简短地交谈了几句。我告诉她我在马赛无处可待。她点头同意。"我们可以把床拆了。"我们把床垫放在地板上,我躺了上去。米丽娅姆躺倒在弹簧床垫上。连晚安都没说,我们俩就睡着了。

当我第二天早上醒来时,米丽娅姆不见了,但她一小时后回来,告诉我她搬去楼下更宽敞的住处,我可以继续待在她这个房间。她是怎么做到的?贿赂了门房吗?我一点也不知道。

我们把现在属于我的床装了回去,穿过马路走到一家小餐馆吃早餐——牛奶咖啡和可颂——米丽娅姆请客。早餐后,我们分头行动,并约定再次在小餐馆见面,告诉彼此我们的见闻和行动。那天晚上,米丽娅姆告诉我她花了几乎一整天来办理签证。

"看起来要花的时间比我所希望的多得多。"她说。

下午晚些时候,她离开领事馆,去美国大使馆更新护照,她在那里遇见了一个非常有魅力并且穿着精致的美国女孩,后者也打算离开法国。她们一拍即合,在大使馆办完事后,去一家俯瞰老海港的户外咖啡馆喝了一杯。

"她的名字叫玛丽·杰恩·戈尔德,"米丽娅姆说,"尽管有一个犹太姓,但她坚持告诉我她并不是犹太人!她的家人住在芝加哥。"

她们聊了一小会儿,但是之后有三个小伙子围着玛丽·杰恩,问他们能不能坐她们这桌的三个空位。他们中的两个是滞留马赛、等着撤退到直布罗陀的英国士兵。第三个是加拿大人,和法国外籍兵团签了五年,等着被送去阿尔及尔。

"我不知道他的真名是什么,"米丽娅姆沉思道,"但他的朋友们叫他'杀手'——无疑是因为他一张口说话就杀死了英语这门语言,附带原因是他看起来有点像硬汉。"

米丽娅姆咯咯笑,继续说:"玛丽·杰恩和'杀手'很快变得彼此亲近,定下了第二天的约会。不过你今天过得怎么样,古西?"

"我漫步了整个城镇。从圣夏尔站走过时,我见到一个老人拿着行李挣扎,我意识到在进出车站的石阶上行走有多困难。我帮助了老家伙。我没叫他给小费,但他还是慷慨解囊。我想到我可以帮人走上这些进站的台阶,靠这个赚点钱。"

和米丽娅姆的晚间会面成了习惯。我成了圣夏尔站台阶上的常客,米丽娅姆继续探索城市,而办理签证的手续一拖再拖。

几星期后的一个晚上,她跟我讲了件尤为有趣的事。

"今天早上,"她说,"我收到了一条来自瓦尔特·梅林(Walter Mehring)的消息——你一定听说过他。"

我点头。"他是魏玛共和国最诙谐的讽刺诗人之一。"

事实上我了解他的一切,他对我来说已经类似英雄了。1920 年代，梅林曾是一位著名作家，他的诗歌、戏剧和歌曲在柏林最好的歌舞厅演出，体现了一种尖刻兼表现主义的风格。他是一名无政府主义者、达达主义者、革命反战主义的支持者，他依然被视为主要德语作家之一。纳粹当然憎恨他。掌权后，他们烧毁了他的书，取消了他的公民身份。尽管梅林从出身来说完全是雅利安人，戈培尔却因为他蔑视反犹主义和反军国主义，称其为"犹太颠覆分子"和"文化布尔什维克"。他逃离了德国。我被米丽娅姆认识他这件事深深吸引，想知道是否可以把我引见给他。

"嗯，我几个月前在巴黎见到了他。他发表了一首对希特勒极为不敬的诗，触怒了戈培尔。瓦尔特肯定纳粹在德国追捕他，所以他逃到了巴黎。我们当时住在拉丁区的同一家宾馆，现在他来了这里。他叫我去探望他，我今天下午去了。我发现他蜷缩在马赛郊外红点区的一家小宾馆里。他害怕进城。"

"他这么容易辨认吗，就算在城市人群中露面，也会让他身处险境？"我问。

"很不幸，确实如此。梅林是个非常显眼的家伙。他走到哪里都格格不入。就算在一切顺利的情况下，他的外表也是乱七八糟的。他看起来总是像个流浪汉，那种警察喜欢以游手好闲或'酗酒闹事'的罪名逮捕的游民或乞丐。瓦尔特不酗酒，不过这不相干。如果被逮捕，他的身份就会暴露。自然，他怕被交给纳粹。他很少冒险外出，整天跟一个流亡者同伴待在宾馆隔壁的密斯特拉酒吧里。有一次他确实冒险进了马赛，但是有人认出了他，明显向他打了招呼。他惊慌失措地跑回了自己的住处。

"我今天下午见到他时，瓦尔特跟我说起一个美国人，他来了马赛，口袋里装满美元，带着一份列了 200 位艺术家、作家和知识分子的名单。他受到一个叫紧急营救委员会的机构委托，来帮助他们获得签证。瓦尔特说这个人待在锦绣酒店。他想让我去见他，搞清楚他的名字是不是在那份名单上。"

第二天晚上米丽娅姆跟我讲了她和这位美国人的会面。她去了锦绣酒店，发现他看起来像个银行家或商人，而不是一个被托付了棘手营救任务的人。

"这人的名字叫瓦里安·弗赖伊。我告诉他我的名字，以及我是代表瓦尔特·梅林来见他的。我说：'他害怕亲自来见你，但他需要知道他在不在你的名单上。'弗赖伊翻了翻他的文件说：'是的，他在我的名单上。但这是个相当复杂的案例。他没有护照，而你需要一份护照来盖签证戳。给我他的地址，我从现在起会直接跟他联系。'他说话时，似乎在端详我。他说：'达文波特小姐，跟我说说你自己吧。'

"我告诉他我曾是索邦的一名学生，我来这里给自己申请签证。

"'看起来你会在这里待一段时间，'他停顿了一下，'你会打字吗？'

"'会，'我说，'为什么问这个？'

"'自从消息传开说我来了这里，不仅仅是名单上的人来找我，看我能不能帮他们。我自己也需要帮助——需要某人和他们面谈，给我打出关于他们的报告。你愿意和我一起工作吗？'

"我毫不犹豫地说我愿意。

"'很好，'他说，'顺便说，我们不会在这里进行面谈。到9月1日，我们会在格里尼昂街60号——那个地方比锦绣酒店的房间更合适，我们的委员会名称会是美国救援中心。我们用英语称之为美国紧急救援委员会，简称急救会。'"

一天晚上她敲我房门，热情地说："古西，我觉得我可能给你找到了一份真正的工作。有六个面谈者为紧急救援委员会工作。今天下午弗赖伊问我们认不认识一个能当信使的人,给他和他的救助对象之间运送文件。我说:'我正好认识这样的人。'我擅自给了他你的名字,告诉他你的德语和法语流利,懂点英语,以及,尽管你是犹太人,但你能用金发碧眼假装成非犹太人;还说了你熟悉当下的政治态势;还有,最重要的,你可以信任。"

米丽娅姆咯咯笑,继续说:"弗赖伊说:'好到难以置信!叫他明天早上来见我吧。'古西,你愿意去吗?"

"当然愿意。听起来激动人心!"

尽管我正设法在车站的台阶上攒一点零钱,但是这样度过时间并不算富有成效。我越来越多地思考如何做点反对纳粹的事。这听起来像是我的机会。米丽娅姆告诉我,每个为弗赖伊工作的人都会获得一笔生活补助。

她给了我格里尼昂街的地址,叫我第二天早上9点到那里。

第二天早上,通往办公室的街道熙熙攘攘,充满生气。格里尼昂街靠近海港。在大广场上,人称"麻田街"的主路在此向下延伸至水域,农产品贩子叫卖货物,一个喊得比一个响。在系于码头桩子的渔船上,渔夫的妻子们用最富有想象力的词汇叫卖着前一天晚上捕获的鱼虾。海港后方,成百上千条小帆船系在移动碇泊处,无休止地摆动,桅杆在蓝色水面上颤抖。

我在9点整到达。在我看来,弗赖伊更像一位英国公立学校的"先生"而非米丽娅姆所说的"商人"。他上下检视我,用法语问了几个问题,一旦他意识到我的法语比他流利得多,就切换成英语,并解释了对我的期待。

头几天,我带领人们进办公室面谈。一星期内,我开始接到更重要并且可能有危险的任务,它们与马赛难民的处境相关。

从 1933 年起,随着希特勒在德国掌权,包括政治家、知识分子、艺术家、犹太人和其他非雅利安族群在内的难民涌入法国,他们不仅来自德国,还来自波兰和很多民主遭压制的巴尔干国家。1936 年,莱昂·布鲁姆和左派的人民阵线(Front Populaire)在法国掌权,没有限制这类移民,此后涌入的人群显著增加。1939 年,德国入侵波兰,战争爆发之初,难民们觉得安全,很大程度上是因为马其诺防线。但是在 1940 年春天,当德国绕过防线,取道荷兰和比利时入侵法国时,一切都乱套了。人人都在逃跑。去哪里?马赛和西班牙边境。

1940 年 6 月的停战协议稳定了局势,但好不到哪去。它把法国分裂成占领区和未占领区。难民涌入法国南部,但即使在那里,他们也生活在持续的恐惧中,害怕臭名昭著的第 19 条——它会不会被实施。停战协议的这个条款意在保证三周的战事期间被法国人俘虏的德国人会被放回德国,但它措辞模糊,暗示维希政府会被要求交出任何逃往未占领区的、德国人认为对第三帝国有害的难民。事实上,在维希政权时期,德国人只用过这个特权两次,但成千上万的政治领导人、记者、教育家和科学家,以及艺术家、知识分子和非雅利安族群的人们感到危险。

停战的同一个月,一群自称自由德国的美利坚之友的知识分子在纽约市开会,组成了美国紧急救援委员会。其目的是帮助他们认为身处险境的知识分子离开法国。他们募集了 3 000 美元,制订了包含大约 200 人的名单,找人去法国为他们办理签证。他们找了好几个人,但对方都以各种理由拒绝了。瓦里安·弗赖伊绝不是他们的第一选择,但他愿意去——执行他们认为不会持续超过几周的任务。弗赖伊的背景里没有处理难民工作的经验——无论是法律上的或法律外的。

当他于 1940 年 8 月 15 日带着钱和名单到达马赛时，他亲口承认一点也不知道如何着手完成他要做的事。他要怎么和这些人取得联系，当他找到他们时，他又能为他们做什么？

幸运的是他得到了两三个在马赛的美国人的名字，他们可能会给他提供情报和支援者的名字。其中一个是弗兰克·博恩博士，他被美国劳工联合会派来帮助受威胁的欧洲劳工领导人离开法国。博恩能给弗赖伊提供一些有用的联系人和建议。

第一个任务是组织人手处理涌入的大量人群，审查他们的政治观点、证书和功绩。到 9 月初，大约 15 人参与了这项行动。他们包括我的两个美国朋友（米丽娅姆·达文波特和玛丽·杰恩·戈尔德），两个法国人（丹尼尔·贝内迪特和让·杰马林），各色各样的德国人、罗马尼亚人、奥地利人，现在又加上了我自己。

在比利牛斯山上（1940年9月11日—13日）

"侍从眼中无伟人。"

——拿破仑·波拿巴的侍从

当信使的第一个星期，我一直在急救会的办公室和马赛的中央邮局之间奔波，给纽约发加密电报。我从一家政府许可的烟草店走到另一家，购买空白身份证，把它们带给一个待在希望酒店、化名比尔·弗赖尔的人。空白证件是每个身处法国未占领区的人都要携带的官方身份证表格。人们填写这些空白证件，然后拿去警察局盖章。当然，维希政权下的很多难民没有官方身份，所以要伪造印章。弗赖尔是个伪造高手。

我记得在加入急救会之前就见过他，坐在老海港的一家高档餐馆前给人画漫画，10法郎一幅。它们画得如此精美巧妙，如果有钱，我也会叫他给我画一幅。弗赖尔用他的技术为弗赖伊伪造文件：维希身份证，包含警察印章和"警察局局长"的签名，毫无瑕疵。

第一次执行这项任务时，意识到带着一堆假证，我不停地从肩膀往后看，以确保没被跟踪。为了安全起见，在回急救会办公室前，我冲进一家拥有很多出入口的大型百货商店，又跑出来，再跳进一辆刚起步的巴士，这是我在间谍电影里见过的一个策略。

我第一个真正危险的任务是在 1940 年 9 月的第二个星期执行的，当时弗赖伊叫我去见他和他的一个可信的助手，利昂·鲍尔，时间是早上 4 点 30 分，地点是圣夏尔车站内。当我到达时，他和利昂正在跟两对老年夫妇谈话，手提箱在他们身边堆成小山。弗赖伊处于极为躁动的状态，在对话者面前打着手势，走来走去。他的行为在我看来相当奇怪，和我认识的办公室里那个谨慎之人的克制态度形成鲜明对比。

当弗赖伊去售票窗口时，鲍尔把我拉到一旁，跟我说我们所有人都会登上火车前往塞贝尔，一个靠近西班牙边境的法国小镇，我负责行李。根据行李箱上的身份标签，我能辨认出有八个属于韦费尔先生和马勒夫人。我想，这会是《穆萨达赫的四十天》（*The Forty Days of Musa Dagh*）的作者弗朗茨·韦费尔吗？这是一部谈论土耳其人在一战期间对亚美尼亚人种族屠杀的小说，为作者带来了世界声誉。他身边的女士一定是他的妻子阿尔玛，她本人也是名人，先是作曲家古斯塔夫·马勒的，后来又成了瓦尔特·格罗皮乌斯的遗孀。

其他手提箱属于海因里希·曼夫妇，另一个我熟悉的名字，因为海因里希是好几本小说的作者，尤其是《垃圾教授》，根据它改编的电影叫《蓝天使》，那天晚上我和伊丽莎白看过。

我们这趟冒险的任务是将所有这些人送过西班牙边境。尽管法西斯分子在德国人的帮助下赢得了内战，多多少少是他们的盟友，但他们并不阻止法国难民在试图离开欧洲时进入西班牙。通常来说法国这边要求离境者拥有出境签证，但如果你能在没有签证的情况下跨过边境，西班牙人一般不会把你送回去，尽管并非总是如此，实际情况每天都不同。但我们冒险中的主要障碍是，除了弗赖伊本人，我们都没有出境签证。

到弗赖伊带着火车票回来时，戈洛·曼，海因里希的侄子（也是托马斯·曼的儿子）加入了我们。弗赖伊指着堆成山的行李箱说："确保这些包裹平安上下火车。"

早上5点30分整，火车头驶离车站，进入普罗旺斯的优美全景，但它依然笼罩在黎明前的黑暗中。两小时后在尼姆，两名宪兵登上火车检查乘客文件。没有特殊许可或法国出境签证就前往边境可能会被逮捕。他们径直走过了我们的一等车厢。他们一定觉得，外表如此出众的老人和他们的亲戚不会在没有适当许可证的情况下旅行。

宪兵走后，曼夫妇、韦费尔夫妇和戈洛依然焦虑，他们拥有西班牙、葡萄牙和美国签证，但没有法国的。弗赖伊安抚了他们的忧虑，说他的计划能让他们直接从法国到西班牙，不受阻碍。"一到塞贝尔，"他说，"我们得下火车，到另一个站台赶一趟去波尔特沃的转车。要做到这点，你们必须穿过一家位于站台之间的餐馆，避免经过护照检查处。"

在塞贝尔的车站，我们都坐在餐馆里，而弗赖伊和鲍尔从另一扇门出去，想试试这个计策，但他们被海关官员拦住了。只有弗赖伊手续齐全，能上火车。他们不让鲍尔通过。他们回到了餐馆。

鲍尔现在负责整个局面，他收集了每个人的护照，闪进了主管官员坐着的办公室，但他很快又出来了，看起来相当阴沉。边境警卫收到严格命令：没有出境签证，不能登上去波尔特沃的火车。鲍尔说服官员们收下护照——保证我们不会去别的地方——并允许我们找一家宾馆过夜，等我们的证件问题解决。

弗赖伊在我们面前摆出三种可能性：我们最远可以回到佩皮尼昂（大约30英里外的一个大城镇）并办理出境签证；弗赖伊可以去做这件事，我们在塞贝尔等；或者我们徒步穿越比利牛斯山，走到西班牙。

我不得不说整个行动当时在我看来有点奇怪，现在依然如此。弗赖伊把这些重要人物送出法国的实际顾虑是什么？为什么他这么优先考虑他们，以至于亲自护送？我觉得这是因为他想让纽约的人看到他的能力以及他愿意冒险。他焦虑，但也精神振奋。如果事情失败，他就要对依靠他的人的被逮捕和拘禁负责，但风险实际并不在他身上！美国当时仍然和维希法国以及德国人保持外交关系。但如果他做成了，那就要归功于他的果断和勇敢。

这几位流亡者的处境中存在一种讽刺，因为事实证明，这些在纸上写东西的谋生者也是人。他们是著名作家及其妻子。现在，他们的生命突然依赖于其他人写的东西：弗赖伊的"名单"；假名字和假护照；一张粗糙的边境地图；签证上的蓝色笔迹；通过简短且神秘的电报传达的指示。

我们一致认为难民们应该翻山越岭。到波尔特沃的直线距离约5英里，但中间包含一段非常难以攀爬的崎岖地带，要爬上比利牛斯山再下来。对我们这群人中的老人来说尤为艰难。鲍尔和我跟他们一起走，提供协助，而弗赖伊带着行李前往西班牙，在波尔特沃见他们。现在我得确保行李跟着他走。弗赖伊对翻山越岭的困难轻描淡写，尽管事情本该很明显，年老的夫妇们不会过得很轻松。韦费尔是一个矮小丰满的男人，梨形身材，戴厚瓶底眼镜，他很快就难以跟上他身旁的高傲女人——阿尔玛·马勒——的果断步伐。最终她和鲍尔不得不搀着他爬过群山。海因里希的妻子和我轮流帮助海因里希。

在我们漫长的强行军过程中——正常情况两小时的徒步旅行花了我们六小时——我和内莉·曼熟悉起来。她是个轻松快活的女人，即使在这种艰难的环境下，她也很高兴有人能和她说德语。每隔一段时间，她都会偷偷掏出一小瓶白兰地，痛饮一口，然后递给我。她告诉我她的娘家姓是克勒格尔，她十年前才嫁给海因里希——后者如今七十岁了，尽管他们从1920年代就在一起了，当时她还是一名年轻的

THE ART OF RISISTANCE　　**083**

卡巴莱舞娘。她现在刚满四十一岁。

从山顶我们能看到下面的波尔特沃,紧邻西班牙边境。他们一旦越过边境,就得登记并出示他们的西班牙过境签证。护照一盖好章,他们就可以自由搭乘第一列火车去巴塞罗那,再从那里去马德里和里斯本。一切都按计划进行,没有碰到别的困难。弗赖伊跟他们一起走,鲍尔和我登上一列火车,我去马赛,鲍尔去做其他项目。

回程时我思考了一下我在美国紧急救援委员会做的事。让人安全离开法国,其中包含很多实际问题。它需要很多钱、很多计划,以及很多人来执行让救援成为可能的任务。我把这些人想成军队中的无名小卒。看来我将在争取自由的斗争中当一个无名小卒。

瓦尔特·本雅明（1940 年 9 月下旬）

9月13日，我回到急救会办公室，因为这实际上是穿越比利牛斯山的测试任务，而我是第一个回来的人，办公室里的每个人见到我都松了一口气，想叫我给他们讲讲我的经历。两星期后，这里传出了另一个试图让难民穿越比利牛斯山的故事，它不如我们那次成功。原来急救会不是唯一干这行的团体。汉斯和莉萨·菲特科，作为个人，在波尔特沃附近的旺德尔港成立了一家旅社，帮助没有出境签证的难民、知识分子、艺术家和反纳粹组织者离开法国。瓦尔特·本雅明联系了菲特科，他是前往西班牙人群中的一员。

我对这位瓦尔特·本雅明一无所知，实际上他是20世纪最有洞见、最富独创性且最古怪的知识分子之一，不过他终其一生都在艰难寻求学术界和其他方面的认可。有一个时期，他作为德国知识分子中的左派思想家为人所知——亲密伙伴包括特奥多尔·阿多诺、格肖姆·肖勒姆、汉娜·阿伦特和很多其他重要思想家。尽管他的学识毫无瑕疵，但他的观点、他的习惯和他文学研究方式的纯粹独创性令他的学术生涯变得非常艰难。

本雅明试图离开法国时四十八岁，身体虚弱，他不在弗赖伊著名的"名单"上，也没有寻求我们的帮助。我经常问自己为什么会这样。我曾经瞟过一眼那张名单，我注意到，尽管上面列了杰出艺术家和知识分子，其中很多人是各种意义上的"激进派"，但知名的左翼政治思想家和活动家却明显缺席。不管怎么说，他来到了马赛，想办法离开法国，在这里，他和其他重要知识分子有广泛联系，包括小说家阿瑟·库斯勒。他的朋友们成功地帮他办理了签证，让他穿越西班牙，进入葡萄牙，再进入美国。在美国，社会研究新学院（New School for Social Research）的一个职位等着他。唯一缺少的是法国的出境签证，如我们所见，它只在有些时候是必要的。

在穿越群山的旅途中，本雅明，据陪伴他的人说，尽管罹患心脏病、抑郁和一般性的神经疲劳，却保持坚韧和蔼。他遵循一个规律的程序，稳步走整整十分钟，然后休息。整段旅途他都保持这个节奏。

尽管他和那一行人穿过了边境，却在波尔特沃的村庄被拦了下来，当地的西班牙——而非法国——当局因为他们没有法国出境签证而不让他们穿过西班牙。他们被允许在波尔特沃过夜，但之后必须返回法国，除非规定改变。第二天规定确实变了。难民们被允许继续前进，但本雅明心力交瘁，无法在等待一晚上后再次尝试。身为一名长期药瘾者，他随身携带14颗吗啡胶囊，全部吞了下去，第二天早上被人发现已经身亡。这不是意外服药过量。他在宾馆房间给特奥多尔·阿多诺留下了一封遗书。

我觉得本雅明的悲剧性死亡证实了我在攀爬比利牛斯山时的观察；即特别有天赋的人——法兰西学院称其为"不朽者"——有他们的弱点、诱惑、恐惧和疑虑，和我们这些凡人一样。我们崇拜那些用天生的能力、抱负，有时是公共意识、迫切需要或名利欲，驱使自己取得成就的人。其实没有天才，只有利用上天赋予之物的人——这一点，再加上各种机缘的汇合。我自己拥有有趣的人生和成功的学术生涯。这当然部分归功于我轻松学习语言的能力，但也同样归功于我遇见的人、我碰巧参与的历史事件、险境中的死里逃生，以及我形成的严肃思考一路所发生之事的习惯。

艾尔贝尔别墅（1940年11月—1941年2月）

到我从比利牛斯山返回时，米丽娅姆·达文波特搬出了贝尔艾尔天堂宾馆，搬去了一个大别墅——很巧，名叫艾尔贝尔别墅——这是她和玛丽·杰恩·戈尔德在城市郊外找到的。

玛丽·杰恩是一个非常富有而年轻的美国冒险家，在美国社交界人脉很广。她在巴黎有一套公寓，与欧洲上层阶级过从甚密，战争爆发时她把私人飞机捐给法国政府。她决定和"杀手"待在马赛，后者现在是她的情人，她还通过慷慨的经济捐献参与了美国紧急救援委员会，是米丽娅姆介绍她去的。

米丽娅姆和我在急救会太忙了，我们不再定期去小餐馆见面。11月中旬，她终于能离开马赛，去斯洛文尼亚和未婚夫团聚了。在玛丽·杰恩的支持下，她说服了她的朋友们，让我和他们一起住进别墅，这对大家都有利。那里没安电话，居民和急救会之间的消息得通过信使传递。我已经是急救会的信使了。如果我住在那里，我就能轻而易举地当他们跟外界的联系人。

这来得太及时了，因为在我搬进去几星期后，马赛半世纪以来最寒冷的冬天就匆忙降临了。此外，在整个未被占领的法国，食物实行了配给制。现在，我很有可能每天都能吃上一顿热饭。

1940年11月，米丽娅姆启程去斯洛文尼亚的两天前，她邀请我加入她和她的朋友们——贝内迪特夫妇、让·杰马林和玛丽·杰恩·戈尔德——到艾尔贝尔别墅吃晚饭。这给了我结识其他住客的机会。巧的是，我将在未来很长一段时间跟他们一起工作。这些人当中有安德烈·布勒东，超现实主义运动的领导者，别墅已经成了超现实主义者们谋求离开法国的前哨基地。米丽娅姆和弗赖伊想看看我对这样一群标新立异的人作何反应。他们觉得让我在那里安顿下来很有用，但想让我先体验一下这个场景再答应住下来。

急救会的别墅有三层楼高，两边悬铃木环绕，巨大的树围令人惊叹，别墅反映出建造它的19世纪初暴发户家庭的折中派口味：坚固加上浪漫主义和古典主义元素。我当时并没意识到，古板的背景和待在那里的奇异人群之间的轻微不协调也有些"超现实"，有些不合时宜、引人焦虑，有些与日常现实感相矛盾。然而，艾尔贝尔别墅两边的素净露台看起来就没那么矛盾，因为那里有成片的花草——百日菊、金盏花和天竺葵，盛开时一定争奇斗艳。

我赴宴迟到了半小时，被带进餐厅，大家都坐在一张大餐桌边。上首坐着一个样貌威严的男人，别人向我介绍说他是安德烈·布勒东。我对他是谁只有一个模糊的概念。在他旁边，一个散发出性感魅力的年轻女人是雅克利娜·兰巴。她的全身行头——数不清的叮当响的手镯，一串老虎牙项链，系在头发上的彩色玻璃珠——让我大吃一惊。

他们整晚都在谈论他们最爱的主题，超现实主义。我印象最深刻的是雅克利娜为运动激烈辩护，说它是一种艺术实践和普遍哲学。布勒东本人谈论超现实主义如何对抗当下的法国政治局势。我发现这顿饭本身非常有趣。艾尔贝尔别墅雇了一个管家兼主厨——一位叫努盖的夫人，有三位女佣打下手。无疑，因为短缺吞噬了越来越多的食物，努盖夫人的菜肴变得新颖有创意。此外，超现实主义者的在场一定也激发了她的想象力。不管她有没有意识到，她成了一个真正的超现实主义艺术家，她的表达方式是烹饪；她的介质是食物。她的菜肴由不寻常的组合构成；比如说，她把能得到的仅有的几种蔬菜雕刻成烤肉的样子，装在一个古董盖碗里端上来。

餐桌上的另一个人是维克托·塞尔日——他本人并非超现实主义者——实际上他对布勒东某些发言的异议激发了雅克利娜的演讲。离开后，我了解到维克托·塞尔日是一位作家，曾经是共产国际的苏联代表。今天回想起来，我意识到塞尔日作为第一届斯大林内阁成员，因同情托派而被开除，他的处境其实比任何超现实主义者都危险。他有可能遭到斯大林主义者的报复，遭到尤为憎恨托派的希特勒的报复，遭到维希政府极端保守派成员的报复。他和他三十岁的情妇洛蕾特·塞茹尔内住在别墅的一个房间里。

除了维克托·塞尔日、他的情妇和超现实主义者们，住在艾尔贝尔别墅的还有米丽娅姆、玛丽·杰恩、让·杰马林、丹尼尔·贝内迪特及其妻子。战前丹尼尔曾在巴黎警局做文职（尽管他也是一个秘密托派）。战争爆发时，他被征召入伍，停战后退伍，其后通过家族与玛丽·杰恩的关系，和妻子住在艾尔贝尔。

让·杰马林住在别墅里，在急救会工作作为掩护，实际上是在帮助组织抵抗运动。

由于晚餐结束得太晚，电车已停止运行，我受邀在一个房间过夜，那将成为我直至1941年11月的家。房间由一张老式双人床和一个红木橱柜组成。角落的屏风后立着一个脸盆架，顶部为大理石，上面有一个白色脸盆。手工雕刻的床尤为奢侈。我几乎两年没睡过干净的床单和毯子了。

第二天早上我在别墅的图书室撞见了洛蕾特·塞茹尔内。实际上没人把她介绍给我，因而我误认为她是维克托·塞尔日的女儿。当我试图和她交谈时,我遇上了一个严厉而轻蔑的眼神——这个面部表情似乎在说,你以为你是谁?

几天后我搬了进去。别墅里的生活相对安静。除了维克托·塞尔日和安德烈·布勒东,大多数人白天不在。当我执行完各种各样的信使任务回到别墅时,我会直接去图书室,那是唯一使用壁炉的房间,也是塞尔日和布勒东——总是在不同的日子——坐下写作的地方。

图书室收藏了许多经典作家的作品,房间在二楼,有一架特殊的梯子,供人够架子顶端的书册。不支撑书架的墙上贴着墙纸,上面描绘了来自希腊罗马神话的场景,其中有埃涅阿斯逃离特洛伊。

起初,除了图书室,我跟布勒东和塞尔日的唯一社交接触是公用晚餐,也就是住在别墅的所有人每晚7点共同享用的一餐。但是布勒东和我熟悉了一些后,他马上信任了我,让我当他的信使,偶尔甚至会对我说话和听我说话。我对超现实主义者了解不多,只知道他们依据梦境绘画,自认为是同情马克思主义的政治激进派。一天我鼓起勇气问布勒东,他是否认为社会的转变需要对经济生活的条件有一个现实的理解,而不仅仅是沉溺于狂野幻想。布勒东的回答类似于以下内容:

"不把想象力从资产阶级意识的镣铐中解放出来,资本主义文化就绝不会被战胜。革命不仅需要新经济,还需要一整套看待世界的新方式。"

安德烈·布勒东住在艾尔贝尔的消息传开了,住在马赛和周边的超现实主义诗人和画家纷纷不请自来,向他们的"教主"致敬。由于这干扰了布勒东的写作和私人生活,他派我去他们在马赛的聚集处,毗邻老海港的一家名叫烧狼者的咖啡馆,告诉大家他会在别墅给他们设立开放日,时间是每周日中午到晚上7点。其他时间不得拜访。

在星期天的聚会上，除了超现实主义者们，只有让·杰马林、玛丽·杰恩·戈尔德、我和偶尔出现的瓦里安·弗赖伊（他们似乎出于迫不得已才容忍他）被允许旁听——作为旁观者。

他们在大餐厅聚会，红木餐桌四周椅子环绕，足以容纳所有过来争辩、高谈阔论和自娱自乐的人。布勒东提供葡萄酒，每个人都喝到尽兴。那些年虽然食物短缺，但葡萄酒并不短缺。你可以以非常低廉的价格购买成桶的当地佳酿。

他们第一次聚会时，我待在房间的角落，因为我很紧张，不想妨碍活动，不过我真的不知道会发生什么。这个场合有种隆重的气氛，让我很感兴趣，也让我非常不安。我确实知道超现实主义者们实践某种对常规现实的有意违犯，但是在他们自己的社交聚会和安排上，那又意味着什么呢？

那次会面一定有四五十人。作为活动的开端，邦雅曼·佩雷读了一首他写的关于粪便的诗，他因这种体裁而出名。我不敢相信自己的耳朵！人群鼓掌、吹口哨并欢呼。他们中的一些人移步餐厅隔壁的小客厅，而其他人坐在餐桌边，参与超现实主义者的游戏，游戏只能容纳大约八名玩家。这些是超现实主义的主要信徒，而不是好奇围观的几十名旅客。他们包括奥斯卡·多明格斯、维克托·布罗内、林飞龙、马克斯·恩斯特和安德烈·马松。

桌首坐着布勒东，典礼的主人和"大祭司"，面对一张水平折成好几折的纸，折叠层数与参与人数相同。在餐桌上容易够到的地方，放着铅笔、绘图笔、五颜六色的蜡笔、剪刀、其他纸张和过期杂志。一旦每个人都坐好，彼此留出充裕的肘部活动空间，布勒东就打开叠起来的纸，在第一部分上画点东西，重新折好，把纸递给下一个参与者。纸以这种方式在房间绕一圈，最终同一张纸上会出现很多并置的画，每幅都是在对其他画一无所知的情况下绘制的。

这个游戏叫作"香尸"或"精致的尸体"。我当时不知道他们为什么起了这个名字,只觉得也许这个短语本身违背了传统的词语搭配,刺痛了传统的感受。它起初是一个文字游戏。参与者不画画,而是在他的折叠区域上写一个词、短语或句子,最终的结果会是一首由不合逻辑的句子组成的诗。我后来了解到,游戏的标题来自他们以这种方式创作的第一首诗的第一行:"香尸爱新酒。"①

他们有一种词语版本的变体,在这个游戏里,他们把自己的话写在单独的纸条上。布勒东面前会有一顶帽子和一张白纸,大家会把自己写的纸条放进帽子里。布勒东会晃晃帽子,抽出一个词或短语或句子,看一看,然后写下来。然后他会抽出另一张,检视一下,按顺序写下来。他会重复这个过程,直到所有文字都誊抄好。现在布勒东宣布一首超现实主义诗歌已经显现,并大声朗读这首诗。人人都对诗歌的诞生做了贡献。从这个意义上说,超现实主义可以是一个"集体"过程,而不仅仅是对个体幻想的揭示。

显而易见,明显随机的句子的并置能导致无数解释(或压根无解!)。在"精致的尸体"被组合起来后,它以说话的方式"活了"。一些参与者会退到与餐厅相邻的一间客厅休息,有时带着极大的兴奋,讨论他们所创造的诗的意义以及游戏的总体意义。尽管诗行的组合是随机的,但语句本身经常充满高度严肃性,因此在某种意义上说,它们的并置代表了数个头脑的措辞的随机汇合。早在多年前的巴黎,就有超现实主义者玩过这个游戏,它作为一种超现实主义的仪式被重复。这个仪式每星期天举办,我们作为客人只是坐在那里,不张口发言。连弗赖伊也是安静的,因为我觉得他意识到他在和智力水平高于他的人做伴。

---

① 应为"香尸饮新酒"。——译者

有一次，当我和布勒东在一起时，不是在星期天聚会上，我记得我壮起胆子告诉他，香尸游戏让我想起我们在小学常玩的类似游戏。布勒东宣称："投入超现实主义的心灵带着灼烧的激情重温了童年最好的部分。"

待在马赛时，超现实主义者们想用马赛塔罗牌自娱自乐，因而派我进城看能不能买一副。我买不到，所以他们自己设计了一套。他们的牌由艺术家画的微型画组成，代表了对超现实主义者有文化重要性的不同人物，再加上他们对传统塔罗牌的解释。这套牌最终以马赛牌戏的名字出版。我依然拥有一套这样的牌。

总的来说，超现实主义者们在别墅里对我们持高傲态度，但是在市区和美国紧急救援委员会的办公室，情况恰恰相反。超现实主义者们依赖我们，采取了一种更谦虚、更平等主义的姿态和语气。

在第一次星期天聚会的几天后，弗赖伊叫我传递紧急消息给那些我目睹过创作香尸绘画的艺术家们。消息放在密封的信封里，我不知道它们的内容，但我猜测与他们即将离开法国的计划有关。尽管如此，我希望送信能给我机会问问超现实主义者们在做什么，因为我在星期天的聚会上不被允许这么做，也因为我并不完全满意布勒东对我问的关于超现实主义幻想画意义的回答。首先，我不理解他们集体绘画中的奇怪图像，尽管我忙着试图做出自己的解读。我见到的图像在我看来似乎画得很好，也许作为梦甚或作为幻想拥有重大的心理学意义。尽管如此，其中一些暗示了更明确的意思。总而言之，我不确定我能接受如此彻底的古怪之物为"艺术"。我是一个过于"现实"的现实主义者，本质上不是"超"现实主义者。不过无论如何，我得把这些消息送出去。

其中一位艺术家是维克托·布罗内。当我进入他的住处时，他读了他的消息，叫我等他写回复。他返回时拿着一个封好的信封。我们聊了一小会儿，他的友好态度让我鼓起了勇气，请求他解释星期天的绘画。作为回答，他给我看了一幅他刚画完的画。不像"尸体"，它完全没给我造成解读困难。它简单的线条展示了一男一女面对彼此。男性被描绘为一条后腿站立、阴茎竖直的狗。他试图亲吻女性，后者赤身裸体，拥有一个非常大的头，大腿和双脚是树干做的。狗有一条分叉的舌头，正朝着女人的嘴唇伸去，而她正试图把他的头推开。主题内容很明确：男女之间的性权力斗争。树干暗示了女人把自己变为某种堡垒的必要性。男人想和她性交，但她想要更多。她需要把自己关在沉重的树木肢体内，好像在说"没有爱就没有性"。

当我叫布罗内解释游戏中涉及的那种集体超现实主义和这种个人表现主义艺术之间的区别时，布罗内说它不言自明，并向我道了别。

我再也没能跟一名超现实主义者深入探讨这个问题，因为我依然被要求在星期天的仪式上保持安静，不管怎么说，它们也快走到尽头了。

不过我记得跟维克托·塞尔日谈论布勒东的一次对话。我不认为他们大体上意见一致。我问塞尔日怎么看待布勒东的诗歌，他对此回复道："啊，好吧，布勒东，你知道，在和'冥界'调情。"我觉得这话没错。布勒东希望超现实主义的实践跟另一个世界取得联系。

1940年12月4日，一件特别属于这个世界的事在马赛发生。贝当元帅将要进行国事访问，会率车队穿过街道。为了防止任何反对维希政府的示威，警方逮捕了所有可疑的异见者，在贝当访问期间将其预防性拘留。他们扣留了超现实主义者们，尤其是艾尔贝尔的住客，包括我。我们没有被控告任何罪名，但这意味着我如今有了"案底"。

像我之前提过的，马赛在1940到1941年的冬天是大约四十年里最严酷的。这令我们送难民翻越比利牛斯山离开法国变得尤为艰难。穿过群山的旅途是这种大批撤离的主要途径之一，就算在好天气里也十分艰险。现在也已经不可能了。然而，在1941年2月初，一个新策略出现了。维希政府没有足够的人力物力，无法把对难民的监控延伸到法国殖民地，因此他们有可能在没有出境签证的情况下去那里。一到殖民地，他们就能继续旅程，前往他们想去的地方。问题是到目前为止没有船能送他们，但是从2月开始，前往马提尼克的汽船开始定期离开马赛。艾尔贝尔别墅的超现实主义者和其他人是这种可能性的第一批获益者，其中有布勒东、雅克利娜·兰巴，他们六岁的女儿奥布，维克托·塞尔日，安德烈·马松和其他几人。

总共约80名急救会客户被塞进类似的船里，它们离开法国，取道卡萨布兰卡前往马提尼克的首都法兰西堡。那些拥有墨西哥、圣多明哥、美国和其他国家的有效签证的人，如果有钱，就可以继续他们的旅程。

我的任务之一是陪布勒东一家去码头，帮他们搬行李。我短暂地想过我本人也可以登上船逃离法国，但我当然知道这绝对不可能，因为乘客名单受到维希警方的严格控制，我也不觉得我能偷渡成功。

并非所有超现实主义者都在这趟旅程中离开。布勒东一家刚搬出他们在别墅的房间，它就被马克斯·恩斯特和美国女继承人佩姬·古根海姆占了。佩姬是玛丽·杰恩的朋友，我从玛丽·杰恩那里了解了很多她作为现代艺术和男性收集者的事迹，却没怎么了解作为超现实主义画家的马克斯·恩斯特。有时我疑惑为什么恩斯特要和她牵扯在一起。好吧，我知道为什么。她是救他出去的人。

黑手党（1941年2月—6月）

我之前提过，弗赖伊在马赛组建急救会后不久，组织就被想离开法国的难民艺术家、作家、知识分子和他们的家人淹没了——不局限于弗赖伊名单上的人。弗赖伊离开美国前在纽约得到的钱以及像玛丽·杰恩·戈尔德这样的捐助人用法郎筹集的资金远远不足以资助难民的逃离。他需要资金来获得（有时是伪造）护照和签证，并支付从法国去西班牙、穿过西班牙、去葡萄牙或其他港口，以及从那里去美国的交通费。如今从法国直接去殖民地的交通已成为可能，需求就更大了。有一个也许令人吃惊的来源可以获取急需的金钱：科西嘉黑手党经营的换汇黑市。

弗赖伊由"杀手"（玛丽·杰恩的外籍军团情人）介绍给当地"黑社会"的头头。这名黑手党成员拥有马赛的所有妓院和很多非法收入来源，需要一个把他积累的财富送出国外的办法。具体来说，他得有个法子把法郎兑换成美元，汇率比公开换汇的通胀汇率更有优势。另一方面，弗赖伊需要法郎——支付3、4、5月的开支需要100万法郎。当时的汇率差不多是50法郎换1美元，但黑手党能在适当的条件下提供数倍于此的法郎。办法是这样的，那些希望帮助难民离开法国、并且在美国持有美元资金的人先把钱存入黑手党在纽约市的银行账户，以此换取在马赛提供给弗赖伊的法郎，用这种方式，纽约账户的钱的价值就翻了数倍。在大约四个月的时间里，也许多达数百万美元的资金——不管怎么说都是弗赖伊预算中颇大的一部分——都以这种方式获得。到1941年，黑市的汇率在1美元兑换250法郎到350法郎间浮动。黑手党会在马赛提供法郎，一条加密消息会通过电报发往纽约，说钱已收到。我的任务之一就是发这些电报。

黑手党成员做生意的地方是他名下的马赛一流餐馆后面的小办公室，餐馆名叫多拉德。关于某个时间的准确汇率的信息（当然！）是以密码交涉的。约定由弗赖伊派一名信使，也就是我，到多拉德从黑手党成员那边弄清现行的黑市汇率。

我第一次被派去那里是在1941年3月初。我应该跟人说我是来给弗赖伊先生和他的五位客人预订晚餐的，需要知道每人的套餐价格。事实上，弗赖伊没告诉我这个行动的性质。我穿着普通的装束到达，希望被告知价格，然后立刻回急救会办公室。

到达餐馆后，我被领进一间"里屋"。它看起来有点奇怪，当我进去时，我把问题抛给一个样貌高贵且举止得体的中年商人。他回答"350法郎"并且不客气地评价了我相当寒酸的外表。我回到急救会办公室时依然困惑不已。

到我第二次拜访多拉德时（1941年4月）我知晓了底细。在两次拜访间，我执行了一项任务，送信给我们一位处境尤为危险的客户，他躲在这位先生的一家妓院里——它们实际上是马赛最安全的藏身之处。为什么？因为黑手党已经买通了警察，让他们不要靠近。黑手党成员见到我时热情洋溢，非常友好。他显然知道前一个任务，因为他含蓄地提到那件事，问我："你自己去过'欢乐屋'吗？"

"没有，"我说，"我读过很多讲它们的书，但是除了送那个口信，从没进去过。"

"不错，不是吗？听着，小伙子，如果你想打一炮，我们请客……"他说,然后哄然大笑。

我深受诱惑,想着布置豪华的客厅以及里面衣着暴露的性感年轻女人。但我仅仅用微笑回答他的提议。然而,在我离开前,他叫我去找他的裁缝,指示对方给我做一套好西装,并且把账单寄给他。

第三次去多拉德,我几乎一刻也没多待。我刚在餐馆办完事,就被一名警探搭讪。他亮明身份,叫我跟他去马赛警察总局——在贝当访问期间我被拘留在那里,因而我对这个地方相当熟悉。这次他们想知道为什么我在多拉德这个与黑社会有可疑联系的高档场所。我说我来给瓦里安·弗赖伊和他的客人们预定晚餐,令人满意地洗清了自己的罪名,随后被释放。但是,由于我被短暂拘留,现在我名下有两个案底了。

1941年5月初,佩姬·古根海姆邀请依然住在马赛及周边地区的超现实主义者们来观看马克斯·恩斯特给他的最新作品上定色剂,这些作品为此在别墅的花园里展出。我帮她把他的画片、画布和版画钉在树干上,挂在低枝上,把最脆弱的靠在花园棚屋的保护墙上。像我在巴黎的博物馆经常做的那样,我小心翼翼地挪到看似了解作品的观展者旁边,希望听到他们的批评或描述性评论。具体地说,我潜伏在林飞龙和奥斯卡·多明格斯身后,但是扑了个空,因为他们站在恩斯特作品前一言不发,无疑是一种冥想式的沉默。

回顾我在急救会工作时接触到的很多难民,我必须说,他们越出名,帮起来或仅仅是应付起来就越难。某种精英主义,某种知识分子的傲慢,不仅存在于知识分子中间,也存在于艺术家中间。他们似乎觉得,由于他们的名声和他们对艺术和文学的伟大贡献,他们理应比别人得到更多注意、更多关心。他们倾向于只在彼此间交往,不跟有时冒极大风险为他们工作的普通人交朋友。然而，不知为何，他们倾向于喜欢我，因此我说这话不是出于个人怨恨。总体而言，他们迁就我们，同时居高临下地对待我们。也许，他们需要对决定自己命运并且为自己的福祉做出关键贡献的人颐指气使，以便在可能无法忍受的脆弱和风险面前维持他们的自尊。对于那些只和脆弱与危险相关联的人，他们无法领会到一种和这些人的恰当关系。

然而，超现实主义者们与"超-现实"的约定绝非傲慢作态。第一次世界大战、法西斯主义的兴起、众多敏感的男男女女在20世纪迄今经历过的日常生活和日常现实的脱节，似乎确实挑战了现实本身。这些真正脱俗的人，致力于用视觉和文学的方式来想象所有混乱的影响，人们很难期待他们以传统的方式生活和思考。他们的怪异是他们内心信奉的结果，他们用高傲态度跟他们认为不了解其个人体验的人沟通交往，这态度也许并不总是令人愉快，但肯定可以理解，并且在某种程度上是可敬的。

尽管如此，他们对弗赖伊不太尊重，也不对他表现出敬意，我认为他们是以知识分子的眼光，而不仅是精英主义的蔑视来对待他。以下事实证明了这一点：弗赖伊帮助过的人在不需要他的援助后，几乎没人跟他保持联系，唯二的例外的是雕塑家雅克·里普希茨和安德烈·马松。

夏加尔（1941年春）

1941年春天，马克·夏加尔（Marc Chagall）和他的妻子逃往美国。夏加尔有双重不利条件：他是犹太人（他的真名是莫伊舍·谢加尔），以及他被纳粹视为"堕落的"艺术家。尽管如此，他依然拒绝离开他热爱的法国，直到1941年春天维希政府加强了反犹法律的执行，这才迫使他移居别国。因为他在弗赖伊的名单上，弗赖伊派我送信去他在马赛以北的戈尔德的别墅，提出要帮他。我当然听说过这位伟大的犹太现代主义者，期待与他见面。我被领入一个富丽堂皇的房间，夏加尔背对我站在里面，我们被互相介绍。他转过身。我们没有握手。夏加尔拿过装着消息的信封，打开，看了看，读完，快速看了我一眼，然后用法语说："谢谢。"尽管急救会确实支付了夏加尔前往美国的路费，但事实上它没有安排其离开法国的旅途。美国副领事海勒姆·宾厄姆是夏加尔的崇拜者，他用一辆外交豪华轿车（提供了外交豁免权的掩护）把他和他的妻子一路送到里斯本——在仅拥有一份美国签证的情况下。

马克斯和佩姬离开（1941年7月）

马克斯在艾尔贝尔别墅办完展览的几个月后，佩姬·古根海姆和马克斯·恩斯特离开法国，因为佩姬充裕的财富，他们完全没碰到困难。据我所知，他们从里斯本乘坐汉莎航空直飞，那是当时唯一从葡萄牙飞往美国的航空公司。在离开前，恩斯特叫我去查看他在圣马丹-达尔代什的画室。他离开那个画室后搬来艾尔贝尔，并且把后来在艾尔贝尔别墅展出的作品都带了过来——因此画室应该什么都没留下。尽管他即将启程去美国，但他在内心深处还是希望最终能在战后回到那里，因而想知道它的状况。我发现画室状态良好。仅剩的艺术品是两根雕塑圆柱，镶嵌在画室外近门的一面墙上：两个半抽象的、手工雕刻的奇怪人像。他的几个邻居站在他的画室周围，好奇地看我在做什么，我们聊了聊恩斯特。他们说他们喜欢他这个人，以及他的存在给村里带来游客这件事，但他们不知道如何理解他的艺术。实际上，他们一点也不喜欢它。当我把这些话告诉艺术家时，他说："艺术和鉴赏力毫不相干！"恩斯特其实是个很有风度的家伙，他很感激我向他汇报画室的状态。他知道我靠急救会给的小额补助生活，在启程去美国前，佩姬给了我500美元，马克斯本人递给我5枚金币。他说它们是"金路易"——路易十六铸造的硬币，对收藏家来说非常有价值。他说我只应该在紧急状况下使用它们。正如我们将会看到的，紧急状况确实出现了，我得到了几百美元。据我所知，今天这组硬币可以卖出 25 000 美元的高价。

弗赖伊被驱逐；我的登山冒险（1941年8月—12月）

在玛丽·杰恩·戈尔德和佩姬·古根海姆于1941年回美国后，美国紧急救援委员会发生了一场危机：总体上对其活动的缺乏支持，以及资金不足。在1941年8月的三个星期里，弗赖伊从马赛消失了。唯一知道如何联系他的人是丹尼尔·贝内迪特。传言说他在戛纳的美琪大酒店度假，尽情享受那里的美味佳肴、上等香槟和苏格兰威士忌。

他在8月27日重新出现，当天是星期三。两天后（那是一个星期五，办公室里只有我们三个——弗赖伊、他的秘书安娜·格鲁斯，还有我），两名便衣警探出现在办公室，按照警察局局长德罗德勒克·迪波尔齐克的命令，叫弗赖伊跟他们去主教座堂（马赛警察总局所在地）。在主教座堂，他们告诉他，尽管他没有被逮捕，但会被护送到西班牙边境，然后被逐出法国。

他被车送回宾馆，给了两小时打包行李。警察带上了他的"勤杂工"（我）帮他。瓦里安跟平常一样守口如瓶。他唯一对我说的是我应该叫贝内迪特夫妇、让·杰马林、安娜·格鲁斯和其他我能找到的工作人员去多拉德见他，参加当晚举办的告别晚餐，警察局局长也会在场，用餐结束后他会护送弗赖伊去西班牙边境。那是我最后一次见他或者说为他送信。

这顿告别晚餐的气氛相当奇怪。我们谁都不知道为什么弗赖伊被迫离开。他从来不乐于把他的情况告诉法国或美国政府。他总是处在不可解释的兴高采烈或同样不可解释的闷闷不乐中。我觉得在今天他会被认为患有躁郁症。晚餐时他忧虑而庄重。他说他要离开法国了，急救会完成了它的使命，将会解散。喝完咖啡，他向我们道了别，在警察局局长的陪伴下离开。

弗赖伊被驱逐后，丹尼尔·贝内迪特试图搞清背后的原因。丹尼尔战前为巴黎警察工作过，在马赛警察的情报部认识人。他查看了一份罗讷河口省（马赛所在的地区）省长寄给维希内政部的信的副本。信上的日期是1940年12月30日，这是弗赖伊在马赛开始活动不到四个月后，标题为《关于美国紧急救援委员会及其主席瓦里安·弗赖伊的活动》。大概翻译如下：

"该组织宣称帮助想离开法国的知识分子、艺术家和作家获得必要的签证，并提供一些经济资助。但实际上，该中心快速拓展其活动，似乎不是一个纯粹的慈善机构。有充分的证据表明其主席为了达到目的，并不总是尊重法律程序。美国政府觉得该中心采取的行动可能会损害它想与法国保持的友好关系，要求弗赖伊立刻返回美国。弗赖伊决定待在马赛。他正受到秘密警察的严密监视。"

我不确定弗赖伊对他受监视这点了解多少。他肯定知道自己不再拥有美国政府的支持了。干脆忽视要求他回国的命令，这跟他的冒险天性相符。

弗赖伊一走，急救会随之解散，我就担心我的两次拘留会让我陷入险境，因为如果出于某种原因，当局注意到我，我不再任职于一个受认可的组织，也就没法用它来说明身份。我不想身陷囹圄，因此我决定是时候离开法国，加入英国的自由法国军队。对我来说，最容易的办法似乎是翻越比利牛斯山进入西班牙，一条我已经很熟悉的路线。然而，弗赖伊走了，我不再拥有边境和西班牙境内的人脉，也没有来自救援委员会的资助。我得靠自己想办法了。

我有从佩姬那里得来的 500 美元。我在黑市上将金币卖出了 175 000 法郎，也就是我提过的另外 500 美元。还有来自玛丽·杰恩·戈尔德的一些额外资金。我携带面额为 5、10、20 和 50 美元的现金，紧紧卷好，塞进内衣。

我从我在急救会的经验中得知，钱能让你应付大多数情况。法国人、意大利人、西班牙人和美国人都很容易贿赂。你唯一贿赂不了的其实是德国人，但我在逃离法国的路上不太可能需要对付他们。我的资金足够建立新人脉，并打点好经西班牙到达里斯本的路程，我可能不得不行贿，因为我没有签证。

我身上携带的唯一文件是我的法国身份证。进入西班牙最安全的途径是穿过安道尔，它毗邻法西两国。在西班牙内战期间，安道尔公民走私了从烟草到武器的一切，如今在偷运英国飞行员（从被击落的飞机跳伞后，被法国地下组织救援）去直布罗陀——但要收一笔钱。我的计划是乘火车从马赛去阿克斯莱泰尔姆，然后从那里步行穿过边境。

我只对一个人透露了我的计划：让·杰马林。让比我大九岁，生于 1912 年；他父亲是一名法学教授，母亲是高中文学教师。让本人受过化学专业教育，在 1939 年应征入伍，和德国人作战，在比利时担任与英国军队沟通的联络官，设法在 5 月从敦刻尔克到达英国。一回到法国，他就加入了美国紧急救援委员会，在委员会运行期间，他将其作为幌子，同时在法国南部发展抵抗运动的分支，名为"战斗"。

"战斗"是在 1940 年 8 月组成全国抵抗委员会的八个运动之一，委员会总部位于依然未被占领的里昂。八个运动是在各地区分别组织起来的，实际上来源于每个地区最强大的各法国政治党派和群体——

共产主义者、社会主义者、社会民主党人等等。尽管来自非常不同的意识形态,但它们都致力于打败德国,仅仅因此而团结起来。每个运动都有相当程度的自主权,拥有自己的组织人员和领导层。让·杰马林是南部抵抗运动组织之一"战斗"的一名领导人,但是他即将成为抵抗运动情报网的总指挥,这个情报网通过迂回的渠道,把关于德国军事设施和部队动向的信息传递给位于伦敦的戴高乐。

让不看好我离开法国的计划,试图说服我跟他一起工作,而不是去英国。我觉得与其冒着作为恐怖分子被抓然后受折磨的风险,不如加入戴高乐领导下的官方法国军队,那样会受到《日内瓦公约》的保护。我此时决心抵抗德国人,但愿意冒多大的个人风险,这点对我来说还不清晰。让没有跟我争论我打算做的事,但他说他很想收到我的信,告诉他我有没有成功,以及是怎么做的。

我计划的第一部分,乘火车去阿克斯莱泰尔姆,进行得非常顺利。我穿登山靴,背着帆布背包,上面挂着抓钩、钉鞋、一个镐子和其他让我看起来像登山者的装备,自信地出发走向边境。最后一步,为了看起来更合理,我在肚子上系了一条绳索。我的想法是,一进入安道尔,我就扔下这套行头,搭便车去西班牙的曼雷萨的火车站,然后继续前往巴塞罗那。

在边境前1英里左右,在奥斯皮塔莱特村外,我穿着全套登山盛装走在大路上,突然,两个法国宪兵跟我搭话。我觉得我已经为这样的不测做好了准备。

"你在这里做什么?"两人中年长的那个厉声说,故意显出指责的态度。

"我来爬山。"

他们不信。看起来我不是他们偶遇的走在通往西班牙边境大路上的第一个"登山者"。

"你的许可证呢?"

"什么许可证?"

"在这个边界地区徘徊的许可证。"

我假装无辜的能力逐渐消耗殆尽。

"我不知道这个。"

"哦,是吗。你得跟我们走。"

他们带我上了他们的车,开到附近的警局,把我关进一个很小的粉刷过的牢房,墙上满是姓名首字母缩写和日期,是跟我犯了相同罪名而被关押的其他"登山者"划的。

第二天他们开车送我去富瓦见检察官,那是阿克斯莱泰尔姆以北20英里的一个小镇。他把我投入监狱,等待为我的违法行为接受审判。我被剥光扔进一间牢房,得到了一个编号。我的衣服被扔进一个盒子。再见了,我藏起来的美元。这将是我接下来两星期的家。状况尤其糟糕。到1941年,全法国食物严重短缺,而监狱里感受到的食物短缺比哪里都尖锐。早上,我得到一些汤——几根卷心菜叶子漂在热水上——和一片不新鲜的面包。下午,一样的汤但没有面包。起初我面对这种可怜的汤几乎一勺都喝不下。两天后,饥饿占了上风,我学会如何把这种混合物灌下去。我一天只能离开牢房二十分钟——在院子散步——在此期间我不许和守卫或其他囚犯说话。

作为法国居民,我有权免费咨询一次律师,但是跟他谈话后,我决定审判时自己辩护,审判日期是1941年11月28日。公诉人提出控告——我在没有许可证的情况下进入禁止区域。他做完陈述,然后坐下。法官想知道我为什么来法国。这是我等待已久的时刻,因为它允许我卖弄我的法语和我对法国文化的仰慕。我来法国学习法国文学,是因为它的高等教育标准和自由精神名声在外。当索邦关闭时,我旅行到马赛继续学业。我不知道在这个区域徒步旅行需要许可证。

总的来说我做了一个表达华丽、恭敬而谦逊的表演。我没有否认指控，寄希望于法官的理解。我能从他愉快且友好的目光中看出，他知道我的真实目的是什么。我的策略似乎很有效。法官和公诉人交换了几个眼神，判了我最低数额的罚款（不用立刻交），缓刑两年。他命令宪兵立刻释放我，并建议我马上回马赛。

当他召唤我去他的房间时，判决异常宽厚的理由对我来说变得显而易见。他的桌上放着当天的报纸，标题是《隆美尔将军靠近苏伊士运河》以及《德国装甲车兵临莫斯科城外》。我自从三周前离开马赛就没见过一张报纸。法官看我在使劲读文章，把报纸递给了我，说我可以把它带走。他评论说："对法国来说是坏消息。但也有些好消息。美国人将'租借'政策扩展到在英国的法军。"（美国已经在给英国提供武器〔假定英国会在胜利后付款，因此制定了"租借政策"〕，现在同样要为戴高乐麾下的法军提供武器。）

老天爷！我想。这个法官一定是戴高乐主义者。在官方政府职位上有这样的人，实在不足为奇。维希政府没时间也没能力调查法国自由区里每个官员的忠诚。

在我走出他的房间时，法官给了我最后一条建议："年轻人，下次爬山时，要更谨慎些！"

"谢谢，法官。我一定会的。"

我被带回监狱，拿到装着衣服的盒子，吃惊地发现在我内裤的皮筋里，我隐藏的财富没被发觉，全都还在。当铸铁的监狱大门在身后关上时，我无法描述席卷全身的自由感。外面迎接我的广阔自然天地展现出我从未见过的精致细节和灿烂光辉。在回马赛的火车上，随着我望向窗外，看着法国保存完好的田野和郁郁葱葱的森林，我见到的一切似乎都是一场特意为我的双眼设置的奇迹。

我也读了法官给我的报纸。头条文章和其他文章表明，德国最高指挥部内部出现了关于战争总体战略的分歧。希特勒在1941年6月撕毁了与斯大林的协议，入侵俄国，预计能轻松征服那里，他使得德国部队能够穿过俄国进入里海西边的阿塞拜疆，从而进入油田。但是降服并不像征服荷兰、比利时、法国和波兰时来的那么容易。事实证明，它压根就没有来。

隆美尔将军和一支德国部队被派往北非，向东挺进，意在夺下苏伊士运河，经叙利亚、伊拉克和伊朗北上，他预计这些友好的阿拉伯政府不会做出抵抗。最终目标和俄国的目标相同：中亚的油田。但是蒙哥马利元帅率领的英国人誓死保卫他们在近东的帝国利益，因此非洲战役本身遭遇了抵抗。德国人在两条战线上陷入持久战，柏林的分歧与如何处理这一局势有关。

读报时，我开始思考"战术"和"战略"的区别，心中产生了一种密切关注战争进程细节的兴趣。然而，关于战略的一致意见可能会产生战术上的冲突。在这个情况下，在大的尺度上，战略是一种总体的作战计划，目的是赢得战争，尤其是为了获得中亚油田的准入权。战术是实现这种战略目标的实际手段：穿越俄国或近东。（这一区别在实际的军事语境外也是适用的，比如说在国际象棋中，或者一般的体育运动中。）

格勒诺布尔（1941年12月—1942年8月26日）

安全回到马赛后，我直奔艾尔贝尔，希望能找到让。他在。我把我的艰辛历程告诉他，他听得颇有兴味，听完后说道："好吧，见到你回来我很高兴。"

"我也很高兴能回来，我觉得我准备好加入你了。"

我们花了整个下午讨论战争的总体形势。我迫不及待地跟他分享我在阅读那些文章时拼凑出的想法。他乐于支持我渐长的兴趣，给我看了一幅地图，好让我具体想象欧洲和非洲当前的军队布阵，并追踪战争可能发展的方向。事实上，他把那些地图送给了我，我随身携带，随着战争的推进，我经常查阅它们。

让说美国人参战只是时间问题。（事后必须指出，当时距离1941年12月7日的珍珠港事件只有几天。）他说美国人一参战，法国地下组织军队在提供情报，以及尽可能扰乱德军行动上的作用会变得极为重要。他也谈到了维希政府正变得越来越通敌和亲纳粹。

"拉瓦尔总理，"他说，"认为德国会赢得战争，想让法国成为希特勒的'新欧洲'的一部分。我们的工作是杜绝这种可能。抵抗运动需要壮大，也确实在壮大。现在全法国都有年轻的男男女女受到鼓舞，想要参与，我们需要找到他们。我们在格勒诺布尔需要一个人帮助招募。格勒诺布尔这座城市位于马赛以北约130英里，位于里昂西南100英里。我觉得，古西，你是完美人选。"

"洗耳恭听！会给我一个新身份吗？"

"不会。我想让你搬去格勒诺布尔，在那里的大学用自己的名字注册，当一个普通学生，找出同情我们事业的年轻人。没人会怀疑一个难民是伪装的特工。我们可以给你提供一个假身份，但我觉得还是让你做自己最好。我们已经在格勒诺布尔的郊外一个寡妇的房子里租了一个房间，你可以住。你要做的只是搬去格勒诺布尔，在大学报名。你愿意吗？"

"我很乐意去。我想你有办法让我跟你保持联系。"

"对，当然有。我们在城里的好几栋公寓楼里有信箱，作为放置点。我会告诉你地址，你记住。你只需要把你的建议放在其中一个地方。这些建议会被送到我这里，然后我会评估它们。"

我搬去格勒诺布尔，在1942年1月初到大学报了名。接下来几个月里，我在表面上过着一个正常大学生的生活，跟我战前在巴黎过的差不多；但是在符合常规的外表下，我其实因为积极参与抵抗运动而满心兴奋。我必须学会不把这种心情表露出来，这点至关重要。我天性中的爱交际可能会成为问题，但是我天性的另一面——审慎的沉着——能帮上大忙。

法国地下组织不仅仅想组建一支队伍去扔炸弹和扰乱德军行动。它需要受过教育的男女去观察并理解他们所看见的事物，因此我基本上是作为发掘人才的探子。我同往常一样轻松交朋友，但是可以想见，我不能告诉任何人我真正在做的事。我得保持疏离，因此，我与日常接触的人之间的情感联系也钝化了。实际上，没多久，我就感到隔绝且孤独。

我是一名手续齐全的大学生，在某种程度上我的任务是一份全职工作。我的注意"目标"不限于学生。大学周围有咖啡馆和酒吧，当学生从讲座和研讨会出来时，他们会前往这些地方，我上完课也去那里。政治讨论有一定规律地在这些地点爆发。大致来说有三种立场：为跟德国人合作找理由的，提倡抵抗的，以及宣称"两边都不站"的。我没有参与谈论通敌合作的优缺点，只是聆听。

有一次，我旁听一群学生的对话，其中两名陷入了非常激烈的争论。一个是来自索米尔的葡萄种植者的儿子，另一个是在第三共和国的原则下长大并且热情反对维希政权的年轻女子。年轻男子告诉他的同辈们，对他来说，1940年的停战意味着他不会战死沙场。他能回到父亲的农场和葡萄园，帮他"赚大钱"——因为食物短缺，这样的事此时已经在发生了。我知道城镇居民乘火车或骑自行车去乡下——经常没有现金，但是用珠宝跟农民换食物，后者收取高昂的费用。年轻男子说，停战也意味着在德国的150万名战俘——他们在德国入侵后法国彻底投降前的短暂时期被俘虏——能回家、重见家人、返回工作岗位。

"只要我们不拿起武器，德国人就会放过我们。"他说。他显然不是加入地下组织的合适人选。然而，年轻女子跟他不同。她压根不想参与什么"新欧洲"。她想要恢复旧的价值观。她想要自由、平等、博爱，而非贝当规定的劳动、家庭、祖国。事实上，我个人被这个女人所吸引，但不得不放弃跟她发展任何关系。我把她的名字扔进了"信箱"。

在大学、咖啡馆和酒吧，这些主题带着无尽的变奏一再被表达，用不同程度的复杂性和修辞力量进行论辩，但基本立场总是一样的：通敌合作，抵抗，或试图逃避。

不卷入这些争论是相当困难的。一方面，我必须赢得这些人的信任，好让他们在我面前坦露自己的观点，尤其是反对维希政权者的信任。我不能显得完全冷淡和漠不关心。另一方面，如果我随心所欲地站在抵抗运动一边参与那些讨论,就会让自己陷入真正的危险,因为会吸引到当局的注意。抵抗运动不是唯一在大学和咖啡馆拥有"观察者"的团体。因此我发挥个性中较为缄默的一面,用不太强烈的表达,让人知道我的实际立场。

让安排我居住的房子舒适而干净。我不知道让有没有告知达穆尔夫人,也就是维护房子的寡妇,我参与了地下组织。她从不问我任何问题。她煮的饭很好吃。太好吃了,事实上,一定要有从黑市上买来的黄油、糖和肉等原料的帮助才能做到这么好吃。她的生活中肯定有一面是我一无所知的。她对我非常好,但她很可能背地里是一个出于经济原因而非政治理由的通敌者。随着占领的持续进行,每个人都以不同方式成为"地下党"。

第三部分

拘禁（1942年8月27日—29日）

当我在寻找学生加入法国地下组织队伍时，德国人首次在苏联遭遇严重的军事抵抗。1941年6月，他们撕毁了和斯大林的互不侵犯协议，发动入侵，这次入侵将被证明是战争史上最大的军事行动。此次行动未能达成目标，再加上随后德军遭遇重创，将成为导致希特勒最终失败的主要因素。

起初，德国人轻松攻入乌克兰，预计能在数月内彻底击败苏军，控制苏联西部。他们的目标是奴役斯拉夫人，把他们替换成德国人，获取充足的农业资源以供给战争活动，然后推进到阿塞拜疆的巴库，控制高加索的油田。这些无一实现。事实证明，红军比预料中更能抵抗；战斗持续到1941年夏秋。德国人没能在12月进入莫斯科，持续到1941年至1942年冬天的战役是灾难性的。1942年6月，一次新的进攻企图控制油田和伏尔加河上的斯大林格勒，目的是保护向高加索挺进的部队，但是他们从没占领斯大林格勒，整个秋天都被拖在那里，并且将要面对另一个冬天，而这几乎招致了第三帝国的失败。

当纳粹德国的命运在1942年8月底到达转折点时，我自己的"命运"也即将发生一次惊险的转折。

在七个月的时间里，我作为学生和密探的生活进行得很顺利，但之后遽然终止。1942年8月27日，清晨时分，有人不停地敲房子的门。尽管依然半梦半醒，但我听到头顶传来达穆尔夫人落在地板上的脚步声。我正梦见我在但泽的童年——在索波特和家人度假。我和其他孩子在离海滨才几码外的水中游泳。母亲和父亲站在海滩上呼唤我，但是海浪妨碍我游向他们。敲门声再次响起。现在，我醒了。我拉开被子，起身下床，听到达穆尔夫人窸窸窣窣地走下楼梯。她开了前门，门口有两名宪兵。我在她身后走上前去。他们瞪着我。

"尤斯图斯·罗森堡？"其中一个问道，瞥了一眼夹纸板。

"什么事？"我回答。

"你有五分钟换衣服、收拾东西，然后出来见我们。"

"你们要把他带去哪里？"达穆尔夫人紧张地喊道。

"他会被送到一个拘留营。"军官严厉地回答。

一定有人告发了我，我想。我被发现了。或者他们只是在抓捕德国和波兰的犹太人？

他们三人短暂争论了一会儿，达穆尔夫人很快变得非常恼火，无法继续有效的争辩。什么也做不了。

我依然睡眼惺忪，无法清晰思考。这也不重要。我没有实际可操作的逃跑或抵抗的办法。一个宪兵高瘦，另一个矮一些，显然是下属。高个子负责讲话。两人都穿着干净的制服。事实上，由于我过去跟弗赖伊和美国紧急救援委员会的活动，再加上我的三次拘留，当局是知道我的，但是直到目前为止，这没有引起任何顾虑——无论是对当局还是对我来说。如果他们想出于我跟弗赖伊的关系而拘留我，他们肯定早就这么做了。瓦里安已经被驱逐，但他本人没有遭受任何暴力或恐吓，弗赖伊那群人里也没别人被逮捕。除了在马赛和富瓦的三次无伤大雅的逮捕外，我从未觉得自己身处特别的险境。我作为地下特工的身份被发现了吗？我被拘禁是因为身为犹太人吗？我没听说这种事在法国未占领区的任何地方发生。法国会做出这样的黑暗转向,似乎令人无法想象。

我被带上一辆停在小路上的巴士,发动机空转着。那是个寒冷的夏末早晨,一切都湿漉漉的,天空一片灰白。巴士内有三个男人,坐在靠窗的座位,窗帘拉了下来。诡异的寂静笼罩着整个事件。几分钟过去,又有两个人上了车。我们出发了。

就算身处这些同被扣押之人当中,我也觉得孤独。好像在这一刻之前,我一直安然裹在一件刀枪不入的斗篷里,但是现在真相突然显露。经过白昼,进入傍晚,巴士显然从一个村庄开往另一个村庄,因为它相当频繁地停车,抓人上来,有时一次一个,有时是一个小家庭,有时是一个大家庭。窗帘拉着,我看不到我们在哪里。我试着睡觉,但僵硬的巴士座位不是为舒适而制造的,随着时间转到正午,太阳变得更晒,车辆超载,巴士变成了一个晃动的烤箱。快到晚上时,天色开始变暗。最终我们停在一个原先是军营的地方。我们下了车,穿过一道大门,上方的牌子写着韦尼雪。我们在里昂城外某地。远处可以看到城市灯光。他们逼我们走到一张放在沥青地上的桌前,那里显然曾是阅兵场。太阳落到天边的一排树后,但沥青辐射出余热。守卫们抽着烟转来转去,而疲惫又困惑的人们——来自我那辆巴士和其他巴士——一个又一个地走近坐在桌后的冷酷的军官。

军官们在检查了我们的名字并且把它们从名单上划去后,给我们每人分配了一个睡觉的营房,还给每人发了一条粗糙的羊毛毯当铺盖,解释了用餐时间和宵禁的规定。你可以在营地周围自由走动,但是到晚上9点,每个人都必须待在营房。自始至终,从我们下巴士起,整个程序就以最高的效率进行。

我的营房挤满了人。空间不大,分配到这里的大约50人——各个年龄的男男女女——把它完全装满了。非常热。它被白天不间断的阳光烤热,尽管现在已经过了黄昏,但是那么多人挤在这么小的空间,把它变得更热了。他们都是犹太人,从穿着传统服饰的哈西德派到身穿普通欧洲服装的完全同化的公民。他们是住在法国的波兰、德国或其他国家的犹太人,他们来到南部,想着可以逃过反犹法规。绝望的人们的谈话声以及老老少少的哭喊声,把令人窒息的气氛变得更为悲惨,充满恐惧。我能隐约听到远处的巴士发动机停止和启动的呜咽,就在军营外,把更多人送往不明朗的厄运。

尽管筋疲力尽,我却睡不着。我决定拿上毯子躺到外面。我弯起手臂当枕头,垫在脑袋和营房周围被践踏的草丛之间。毯子又薄又粗糙,比沙滩毛巾还小。营房外凉爽湿润。如果有东西遮盖着就好了。但是,总的来说,还是比宿舍内的地狱要好。

但高温不是让我一直睡不着的唯一原因。当我躺在营房外时,令人忧虑的问题持续扰乱我的心神。为什么我们在这里?我们会遭遇什么?我应该试图逃跑吗?如果我瞥到的城市是里昂,我能想办法到那里,去见在此期间被调过去的让吗?我也想到了我的家人。他们到巴勒斯坦了吗?他们有没有到罗马尼亚?他们也在不知何处的拘留营中焦虑不安地徘徊吗?最终疲惫压过思索。我睡着了,我不知道睡了多久。有人用靴尖戳我,用手电筒照我的脸,把我弄醒了。我坐起来。是一名营地守卫,营地边缘的灯光照出了他的轮廓。

"你在这里做什么?过了宵禁的点了。"守卫说。

"非常抱歉,"我回答,"里面的人太多了,我没法呼吸。我以为我能在这里睡一会儿。"

"好吧,你不能睡在这里。"他若有所思地说。他点了一根烟,也递了一根给我。

这个人不太专横,也没有敌意。他有一种相当悠闲的态度——完全没有其他人那种明显的法西斯举止,比如把我从格勒诺布尔带过来的宪兵或是无动于衷地坐在登记桌后的那些人。我们开始谈话。他想知道我在法国做什么,于是我告诉了他我另一个版本的故事,一直讲到我在房间里被叫醒,被送来这里。

他的同情态度让我鼓起勇气提问:"你知不知道我们为什么被带来这里,我们接下来会怎么样?"

"好吧,"他说,"这是一个拘留营。它一填满,你们就会被送上火车,去波兰的一个劳动营。"

这人在我旁边坐下,好像囚犯和守卫之间的界限几乎消融了。我们只是在潮湿的夜晚空气中一起抽烟的两个人。

尽管我们谈话的语气稀松平常,但他说的话确实令人警觉。我知道波兰盛行反犹主义,这点在战前就愈演愈烈。我一点也不喜欢"波兰劳动营"。如果我目前被拘禁其中的拘留营的状态可作为判断依据,那么劳动营的情况真是难以想象。然而,我没有慌。至少现在我有一个大概的时间范围。我做了粗略计算。最多需要两三天才能装满一辆火车,也就是1 200人。我根据营房的数量、填满营房的人数以及每辆巴士送来的人数,想象着营地里有这么多人。我斗胆提出请求:"让我跳过栅栏怎么样?"

"我想我能转身不看,"他深吸了一口烟,"这些营地现在很混乱。我不觉得他们真的知道手上有多少囚犯。"他又吸了一口,低声补充道:"我本人不同情纳粹。我来当守卫只是因为战争。德国人绕过马其诺防线十天后俘虏了我的分队,我成了战俘。他们提议,如果我自愿加入维希警察,就放了我。无论如何,我建议你别试图从这里逃跑,而是等一等。"

"为什么这么说?"

"在外面巡逻和把守警戒塔的部队是来自法国殖民地塞内加尔的精英战士。如果收到命令,他们会开枪打死自己的母亲。在去波兰的

THE ART OF RISISTANCE   121

路上逃跑，你的成功概率更大。"

他想了一会儿然后说："这场战争不像任何其他战争。"他看起来好像要长篇大论一番，但他仅仅坐在那里，让句子随着烟雾的轨迹徘徊在空中。头顶的星星晶莹剔透，我再也不记得见过那样满是繁星的天空。

"现在回你的营房吧。"他说。

我整夜辗转反侧，交替思考着如何逃跑以及围捕犹太人意味着什么。如果犹太人在法国都像这样被囚禁，那么在纳粹控制下的欧洲别处会怎么样？我不停地想我的家人。我不知道我的妹妹和父母在哪里，也不知道已经身处波兰的祖父或是在柏林的马丁伯伯的遭遇。他们也被抓起来了吗？他们正在一个劳动营里吗？我越来越坚定，自己要以某种办法逃出去，而后伴着这个想法睡着了。

第二天早上，我醒得很早，走到食堂吃早餐。我注意到食堂几乎完全由印度支那人打理：从法国军队俘虏的士兵，他们一定得到了跟我的守卫朋友相同的待遇。他们是被法国殖民帝国征召的士兵，现在成了食堂员工，高效而冷漠。这些人在数个世纪中服侍过如此多的主人，因此如今作为德国人的代理在占领期间为维希政府工作，对他们来说也算不上什么人生观的巨大飞跃。谈论"通敌合作者"时，人们必须做出区分。对这些人来说，不合作无疑是想都不敢想的，在我看来，多年的殖民似乎把妥协深深植入了他们的天性。守卫处于这个合作光谱的另一色度，而处于两极的分别是真正的纳粹同情者和被迫顺从者。

我和其他人一起排队，吃了早餐———一碗很稀的大麦粥，浮着点胡萝卜，和一小片不新鲜的面包。我边吃边想着如何逃跑。早餐后，我开始在营地里漫步，假装漫不经心地寻找栅栏上的薄弱之处或是从守卫岗哨处向外看的盲点。似乎没有这样的地方，但我得继续找。我的内心其实沸腾着离开那里的欲望——甚至是意志——但发愁不是我的天性。面对危险，我会做行动计划。

就像我将反复学到的，幸存经常是运气问题，但是利用好运的能力取决于机敏、充分的准备以及坚定不移的意图。我的意图是想办法离开那里，防止自己被运到波兰。勘测营地看起来是此时发挥我的聪明才智的最佳选择。总的来说，一个人的遭遇是机缘的汇合；形成汇合的支流之一是本人的态度和努力。

在营地走动时，我遇见一群年轻男人，看起来和我年纪相仿。他们知道的不比我多，不了解我们实际上正在前往一个位于波兰的很可能是集中营的地方。我告诉他们我了解到的我们即将面临的事，在说话时，我想到也许集体行动能解决问题。

"我们有这么多人，"我说，"如果我们一起冲向大门，我打赌我们能通过。"

"你疯了吗?"其中一个说，"如果我们尝试这么做，很多人会吃枪子的。我会在波兰碰碰运气。"他的回答很典型。我很失望，当然，不是因为他们不想按照我的计划行动，而是他们甚至看起来不愿意尝试自己想办法。我继续想办法，想着自己有可能会走运。我说服自己，任何人造物都必定有缺陷，尽管我不得不承认这座营地的外围似乎是个例外。没有大规模的集体努力，冲破大门是不可能的。而爬过栅栏会引起守卫的警觉，正如我的朋友警告过的。如果我知道会在那里待好几年，我可能会试着挖出一条路来，但没时间这么做。守卫说从去波兰的火车上逃跑更容易成功。你可以等警察不在场的时候跳出去，不用担心在尝试中受伤或被杀，也不用担心如果安全落地，你要做什么。

那天上午，巴士送来一群新的被扣押者——昏沉、困惑、绝望的

THE ART OF RISISTANCE 123

人们——没几个有计划逃跑的雄心壮志。随着时间的推移,更多人会到来。营地正在被快速塞满,这意味着我们很快就会上路去波兰。

我依然在盘点状况,寻找选项。营地最近才从传统的军事用途转为拘留营。军营的基础设施依然存在——成排的单层营房,木墙铝屋顶。沥青覆盖着阅兵场,正如我在到达时观察到的。大门外有一个火车站。这个大院显然是按临时营房设计的,供等待被铁路运去其他地点的部队使用。现在它成了运走"不受欢迎者"的集合点——要么让年轻男人去劳动营,实际上是为战争提供强迫的劳动力,要么送女人、儿童、体弱者和老人去天知道什么地方。

凑巧的是,我注意到一个营房前排了一条长长的队伍。我了解到这里是医务室。现在大约是上午 11 点,太阳炽烈,我在营房墙下的阴凉处站了一会儿。没什么特殊原因,我加入了队伍——也许是出于无聊和单纯的恼怒。从人们在队伍里说的话,我得知他们在这里是为了得到医疗护理——胃痛、背痛,你能想到的都有。我当然没生病,但炎热的空气令人难以呼吸,空气中含有过量花粉,整体上,我肯定是不舒服的。我突然记起让·杰马林曾经告诉我、但我当时没有细想的话,他说万一你被抓了,如果其他逃跑办法看似都不可行,你总是可以装疯或装患重病,因为从医院逃跑比从牢房逃跑要容易。

装疯太难了。我需要的是一种重疾。问题是,我没有真正的疾病知识,也不知道怎么装。但我意识到它必须很戏剧化。毕竟,我确实有戏剧经验。我离开了医务室的队伍,在营地里踱来踱去,思考着要怎么办,碰巧遇见了我四年前读高中时的一个朋友的姐妹。她如今——或者说在被拘禁前——是一名里昂大学的医科学生。

"萨拉!"我喊道。"天哪,你在这里做什么?"

"尤斯图斯!和大家一样,我想……"

"你是我第一个认得出的面孔。"见到一个熟悉的人,并且她碰巧读的是医学院,这给我带来一种简单而无法描述的快乐。

我一定已经进入了装病的心态,因为她担心地问我:"你还好吗?"

"还好,"我笑了,然后轻声说,"我身体很好,但想假装不好。我有装病的想法——好进医务室,然后从医院逃跑,但我碰到了点困难,没法想象合理的症状。"我顿了顿,然后说:"萨拉,我觉得你能帮我。你能描述几种我能模仿得比较像的严重症状吗?"

"天哪,你是认真的吗?"

我皱起眉头。

"看来你是认真的。让我想想。阑尾炎?不,这不够严重。腹膜炎应该管用。"

"我一点也不知道那是什么意思。这是什么病,有什么症状?"

"是一种由腹内器官破裂引发的穿孔,只能通过立刻动手术修复。它和阑尾炎类似,但实际上严重得多。不管是得了哪种,你都得立刻开刀,免得产生败血症。"

"好的。我就演腹膜炎吧。它有什么症状,我要怎么装?"

"剧烈腹痛、寒战和发热交替、呕吐、排尿困难。你会弓起身体,保护腹部区域不被触碰,也不想说话。仅仅是凄惨地呻吟。"

萨拉一边笑一边用手指戳我的肋骨下方。

"哦——哦哦!"我呻吟,"我都能做到。我会倒在这里的草地上,假装发病。你跑去医务室,告诉他们33号营房后有人快死了,好吗?我会演一出好戏的。"

"你总是有点疯狂,尤斯图斯。我马上回来。"她跑开了,我倒在地上。我们原先站的那个地方没别人,但现在我的呻吟吸引来了好几个囚犯。其中一个在我头下面放了点东西,问我哪里疼。我让我的身体显得在颤抖,把两根手指放进嘴巴后部,小心装出想要按住喉咙的样子。泪水涌上了我的双眼。我激烈作呕。几分钟后萨拉跟一个拿着担架的勤务兵回来了。我呻吟得更悲惨了。勤务兵看了我一眼，叫一个旁观的男人帮忙把我扛起来。因为萨拉不是我的亲戚，身为女人，她不能跟我进入医务室。

我被放在一张简单的床上，单独占据一个小隔间。一名男护士走进来，往我嘴里塞了一个温度计就走了。这是个问题。怎么假装发烧？我飞快地思考。我的童年装病史帮了忙。

但泽的学年延续到夏天，但如果天气太热，我们就会被打发回家。每间教室都有一个温度计，身为聪明孩子，我们知道如果能让温度计上升，我们就能得到"高温"假期。我记得有一次我们在上面放了火柴，但读数升得太高。我们转而猛烈摩擦它，这确实把温度推上去了一点，读数略微上升，但没高过头，没超过 98.6 华氏度[①]。此刻，我非常感激我操控温度计的知识。趁护士花一两分钟处理其他问题时，我拿出温度计，发了疯地摩擦它。107 华氏度[②]。太高了。我像别人在测过体温后重置水银那样甩了甩温度计，但只把它甩落到一个合理但依然严重的温度。104 华氏度[③]。护士带一个医生回来了，拿出温度计，点点头。医生来给我做检查，戳了我的肚子，我发出一声恰当的嚎叫。

如果我们确实正被送往波兰的"劳动营"，即将劳作至死，为什么现在要费心思照顾我们的病痛呢？我好奇。我最终了解到，根据德国官方遵守的《日内瓦公约》，一名生病的囚犯必须被治好，才能再次置于监禁。显然，只有健康人才能被消灭。我怀疑这样的顾虑是否存在于奥斯威辛，尽管我知道那里也有医务室。无论如何，十五分钟后，一辆救护车出发了，我被送往里昂的一家医院，白谷仓医院。

---

① 等于 37 摄氏度。——译者
② 约 41.7 摄氏度。——译者
③ 等于 40 摄氏度。——译者

逃跑（1942年9月6日）

随着我们驱车离开，我意识到，尽管到目前为止我的伪装都很成功，但我完全不知道入院后要怎么逃出来。让给我的建议确实有用，但它在某种意义上是"理论性的"。理论和实际战术的差别以及两者与现实的关系，极为不固定且不可预测。一种情况下有效的方法在一个稍有不同的环境下可能就会变得致命。我要怎么逃出医院呢？

我一点也不知道医院的守卫有多严，也不知道那里的官员认为确保从营地来的病人在治好后返回营地有多重要。他们是紧盯着我呢，还是压根不知道我是谁？我只见到医疗人员——没有军队或警察的人，没人检查文件。尽管如此，我想我还是不能随便爬下床，拔腿就走。

我们一到，我就被担架抬进手术室。随着我摇摇晃晃地经过医院走廊，我记下了布局：哪里有楼梯、厕所、窗户、出口。晚上9点，我在手术台上，三个内科医生出现在我上方。其中一位往我脸上放了一块浸了乙醚的布。

"呼吸。数数。你呼吸得越用力，你就越没有感觉。开始数数。"

我数到了7，见到一片满是繁星的天空，然后是绝对的黑暗。实际上，空无一物。我在六小时后醒来，好像中间什么都没发生。我从未搞清楚那几个医生见到我的肠胃没毛病时，心里想的是什么。他们是有同情心的好人，愿意忽略我装病，甚至愿意帮我逃跑吗？无论如何，他们确实摘除了我的阑尾！我醒来时大概是凌晨 3 点，现在我真的感到恶心和痛苦，绝对不是装的。恶心是乙醚的后遗症。当我挪动时，痛感来自手术伤口。我能感觉到缝线、医用钉、纱布和绷带。我呻吟。有人往我大腿上戳了一针，无疑是吗啡，我再次陷入黑暗。

我在早晨 7 点醒来，发现身体被绑在床上，脚踝和手腕被束缚在皮镣铐里。我床边的椅子上坐着一位年轻的法国女护士。即使在我相当糟糕的状态下，我都情不自禁地注意到她有多吸引人，但此时不宜开启风流韵事。我转向她，问道："为什么我被绑在床上？"

她笑了。"你不记得了吗？半夜里你试图爬起来跑走。我们不得不把你捆住，免得你把自己弄伤。"我只能想象我的潜意识在夜里做了什么。从我在但泽车站离开父母起，我第一次——甚至经过了在格勒诺布尔收集学生信息的冒险以及在富瓦和法官的遭遇后——真正感到孤独和脆弱。所有的青春幻想都破灭了。对我的未来际遇负责的，只有我自己。

我一定看起来有点沮丧。她同情地看了我一眼，然后说："顺便问一句，你是谁？"

显然，送我来医院时没有带上档案材料。"我是从营地来的。"我说，立刻怀疑自己犯了错，或许他们在某处的文件上写了我是谁，只是护士没看到。

"哦。"她说。现在她看起来心烦意乱。

"等我恢复之后会怎么样？"我问，意识到我也许断送了一次获得自由的机会。

她犹豫了。"我……我不知道。我得问问护士长，"她若有所思地顿了一下，"但我觉得我不应该这么做。我想他们会送你回营地。"这意味着她知道会发生什么，她会愿意帮忙吗？

我什么都没说，把思绪转回逃跑的问题。我处在医院供重症病患住院的一翼，其中一些是像我这样的被扣押者。从这里逃跑肯定比从营地逃跑容易，因为正如让说的，这里的守卫要松得多。但我没有衣服，也没有鞋子，只有一身病服。我需要帮助。到现在，里昂成了法国地下组织的中心。让化名搬到了那里。如果我能以某种方式给他送个信，他可能有办法把我弄出去。

在接下来的几天里，我和法国护士熟悉起来，对她讲了我的故事，试图尽可能获取同情。她的名字是玛丽安娜。她属于那种受到召唤成为护士的人。她单纯希望照顾病痛中的人。她很聪明，除了护士训练外，还在里昂大学接受了通识教育。巧合的是，她跟我的朋友萨拉一起上过解剖课。听说萨拉在营地里，她很震惊。她第一次根据事实推测意识到营地的目的。就像富瓦的法官，她不是维希政府的支持者。经过仅仅几次对话后，我觉得我能信任她，问她愿不愿意帮我。她同意了。

"我能做什么？"她说。

"首先，我需要你给我拿一张纸、写字用具和一个信封。里昂的一栋办公楼里有个信箱，我希望你把信放进去。"

让告诉我这个信箱，以防我需要和他本人联系。很幸运，拘留营就在附近，而且医院就在里昂。我把地址告诉护士叫她记住，告诉她投递消息的信箱在楼房大厅一排箱子的最左边。我叫她做的只是把信放进去。上面只写了我在白谷仓医院。

玛丽安娜点点头，没问任何问题，第二天她告诉我她完成了我的要求。夜里我产生了一种新恐惧——不仅为我自己，还为其他很多人。我做了一件我绝对不该做的事。她能轻易地把我举报给维希当局。克劳斯·巴比在1942年1月被任命为里昂盖世太保的头目——一个极其危险的人。如果信箱被人知道了，会连累所有使用它们的地下组织特工。我只想着我自己的逃跑——我的自卫本能令我盲目,没看到潜在的灾难。然而幸运的是,玛丽安娜值得信任,没有举报我和这个信箱。在住院第四天,一位年轻的牧师拜访了我。

牧师属于一个名为基督友谊的组织,它和抵抗运动合作。让收到了我的消息。他知道牧师可以不受询问地进入医院,因此这个团体是最适合帮助我的。牧师低声说:"星期天是访客日。人们进进出出,不用受检查。这个星期天,也就是后天,按照那面墙上的钟点,下午2点59分,我会在这层楼厕所门口右边角落里的大洗衣桶后放一包衣服。下午3点整,你把它取走,进入隔间,换上衣服,把病服放在洗衣桶里。我会带一辆自行车过来,把它放在这栋楼的入口。你只需要走出主入口,骑自行车到里昂的这个地址。"他让我记住地址,然后离开。

有个问题。因为缝线,我还不应该下床。他们给了我一个袋子和便盆让我解手。走到厕所都不容易。我想出了一个计划。我必须让工作人员习惯看到我下床和去厕所,这样我星期天这么做他们就不会吃惊,到了那天,严格控制时间非常关键。在放包裹和我将其取走之间只留了一分钟的间隔,这是保证它不被注意的最好办法。

我叫了护士。她来了。"我得上厕所。"我说。

"好的,我去拿袋子。"

"不!我得大便。"

"我去拿便盆。"

"抱歉,我觉得我做不到。我严重便秘,我不想躺在这里使劲。太尴尬了。"

"抱歉。我不能允许你下床。我得问问医生。"

暴躁而不耐烦的医生严厉地对她说,"管他呢。如果他想下床,就让他下吧。反正是他的缝线。"

130　抵抗的艺术

当天和次日，我去了好几趟厕所，让大家习惯我四处走动。我走路时能感觉到缝线，我意识到即使我成功爬上自行车，骑车也可能成为一个问题。

星期天到了。下午3点，我准时来到指定的洗衣篮前，找到包裹，换上衣服，走下了楼。门前的大厅里有个宪兵随意地站着。他看到我靠近，只是往旁边让了一步。现在我出了医院。很多人在附近转悠，起初我没看见自行车。它应该靠在门口左边的长椅背上，但椅背比我想象的要高。经过片刻的疑惑，我看到了它。我战战兢兢地上了车，蹬着踏板离开了医院的地盘。大部分路程我都用左手捂着创口站立着，害怕一旦坐下，任何一个震动都会让它绽开。（我脑海中闪过一幅画面，是轰炸期间在图尔的空袭掩体里，那个试图在死前把内脏塞回体内的可怜家伙。）

创口问题似乎是逃跑过程中最艰难的部分，但是当我正在蹬踏板，还没离开医院地盘多远时，我突然听到身后有辆救护车。他们发现我跑了，来追我了！我慌了，开始更用力地蹬踏板，这对我的创口一点没好处。救护车开过去了，片刻后又开过一辆。不，他们不是来追我的。我在出入医院的主干道上，当然会有救护车。

我骑车前往的地址是一个体育馆，地下组织的队伍用它做安全屋。它依然发挥着体育馆的功能，并且逃脱了警察的怀疑，因为很自然，那里有络绎不绝的人进出。馆内，短暂停留的人们睡觉用的垫子散布在各种健身器材中间。我被带进一个小侧室，由一名等着接待我的内科医生做了检查，我的缝线被取了出来。

我在那里躺了两天，从我的假腹膜炎和真阑尾切除术中恢复健康。我了解到，发生在我身上的事也发生在全法国的外国犹太人身上，不管在占领区还是未占领区。出生于法国的犹太人，尽管也服从占领区的法律约束，却大体未受打扰。但是外国犹太人——来自德国、波兰和其他国家——被拘禁，被送往波兰和其他地方的营地。传言说他们受到的待遇一点也不好。财产被查封，任何抵抗拘禁的尝试都会被处以绝对严厉的责罚。如果你抵抗逮捕，就会被当场击毙。我的逃跑是个小奇迹。我继续为法国地下组织军队工作的承诺变得更坚定也更深沉了。

他们向我介绍了抵抗运动的最新情况，也为我计划了身体恢复后将承担的职责。

蒙梅朗的地下情报人员（1942年秋—1943年3月）

在里昂的安全屋待了两天后，一个来自基督友谊组织的女人用一辆破旧的雪铁龙把我接走，送我去德龙省的蒙梅朗，位于瓦朗斯以东15英里。（德龙是96个"省"之一，即法国及其殖民地按照地缘政治划分的区域。[①]）我被带到一个农场，其主人和经营者是一个叫安娜·赛恩的中年女人，她也是基督友谊的成员。这将是我未来两年的行动基地。

我花了两星期从手术中康复，熟悉农场生活，了解这片地区。从我的卧室能看到一片人烟稀少的平原，通往韦科尔山地。这是世上一处美丽恬静的角落。我从没在这样田园牧歌式的乡村环境中生活过。除了安娜·赛恩，我是唯一住在农场的人。

计划是让我花一段时间融入农村社区，再给我安排地下组织的实际任务。等我好得差不多了，我开始帮安娜在农场附近干活，从田里采蒲公英，喂给笼里养的兔子。有些日子我清扫马厩，铺上新鲜干草。有一两次，我甚至尝试给母牛奥利维娅挤奶。它显然不欣赏我的技术。在我扯它的乳房时，它一直疯狂甩尾巴，而安娜挤奶时它从不这样。

自从被带离格勒诺布尔，我就没怎么听新闻。营地和医院里没有新闻。在安娜这里，我能通过读当地报纸、听瑞士广播了解近况，后者不太受到维希政府或德国政府的审查。我有点意识到，最近时局似乎扭转，对盟军有利了。1941年12月7日日本人袭击珍珠港后，美国人加入了战争。同时，抵抗运动的不同分支吸收了新成员，总的来说抵抗运动的势头在加速，尤其在里昂和瓦朗斯附近。它收集德军在全法国的部署情报，将其发送给在伦敦的盟军。让告诉我，我会在这个情报收集的行动中发挥作用，但我起初并不清楚具体做什么。它不久就变得清楚了。

1942年，英国空军开始了轰炸全德国工业中心的作战，这将持续到战争结束。美国人开始给苏联输送军事装备和补给，帮助苏联对抗始于1941年希特勒撕毁跟斯大林的协议时的德军入侵。法国本土还没有任何盟军行动，人们希望英美联合进军能很快解放法国；但是美国人参战几乎一年了，进军还未成为现实。蒙哥马利元帅麾下的英国人继续把地面部队投入抵抗北非的隆美尔军队，保卫苏伊士运河。战场几乎陷入僵局。

隆美尔的军队在此期间需要补给，其中一个运行中的补给途径来自地中海上驻扎德军的法国港口。关于地中海沿岸的德国军事设施的情报对盟军来说非常有用。我将在收集这类情报上发挥很大作用。我从让和在里昂的其他人那里了解了一点战争的总体局势，但我的大部分理解还是根据广播上听来的消息自己拼凑的。人们被禁止听瑞士或英国电台，所以即使安娜的农场相对隔绝，你也绝不知道什么时候会冒出某位打探消息的官员。任由收音机大声播放被禁的新闻节目显然不是好主意。我不得不用大而笨重的所谓"耳机"听新闻，这是当时唯一能搞到的东西。当我得知军队动向时——盟军、苏军或德

---

① 当时省为法国第一级地方行政单位，后来出现了大区制度，省降为第二级地方行政单位。到2021年，法国有101个省。——译者

军——我就在让给的地图上追踪他们。我现在十分擅长解读地图，并对借助地图想象出的画面进行分析。

无论我处于斗争的何处，我总是试图理解我作为个人是如何在总体机制里充当小螺丝钉的。无论在哪里，只要有可能，我就在身上带一张地图，好让我看到战争中兵力的位置和动向。报纸和无线电广播从不包含这样的细节，因此地图对于紧跟时事来说至关重要。即使是在格勒诺布尔，我也有一张地图，但总是害怕如果被发现，它会出卖我不仅仅是年轻学生的事实；但我在马赛从瓦里安·弗赖伊那里学来了一个技巧，把地图藏在镜子后面，只在我知道不会被人看到时才把它拿出来。

直至今天，在抵抗运动中养成的习惯依然留存。每当我拥有一份特别重要的文件或文本，我就寻找藏匿它的地方——灯柱内、桌子下、某件家具内不显眼的隔层里。我从让那里学到如何在公众场合找到最安全的置身之处。在餐馆里，我尽量坐在靠墙的位置，把整个房间纳入眼底，并且观察有没有人在盯着我！当一个人度过了跟我一样长久的地下生活，并且做了很多事以保证自身安全时，这样的习惯做法会成为个性的一部分。像俗话说的那样，旧习不仅难改，它们似乎就是不朽的！

在接下来的两个月里，我经历了地下活动中一门非常高强度且彻底的训练课程，比观察大学生的态度要危险刺激得多。让派了一个叫罗贝尔的特工开始训练我，并给我提供了一个新身份。罗贝尔戴贝雷帽，围围巾，穿一件浅色棉质毛衣。他接连不断地抽高卢牌香烟，这种浓烈香烟为抵抗组织成员所喜爱。回忆起这个形象，我得说他的外表和身份相称。

罗贝尔公事公办。他立刻开始了训练。

"从现在起你是让-保罗·吉东。仔细听好。"

我听着。

"首先,这是你的证件。"

他给我看了我的身份证、我的配给卡、我的天主教洗礼证明和在地中海沿岸旅行的其他所有必要文件——地点包括尼斯、昂蒂布角、戛纳、圣拉斐尔、土伦等。

他解释道:"1927年1月23日你出生于圣马洛。圣马洛是布列塔尼的一个小镇。存放市政文件的办公室在战争初期被炸弹摧毁了。你母亲是阿尔萨斯人,父亲是海军军官,在战争开始时被杀死了。如果你被逮捕了,他们问你住在哪里,你就说德龙省的蒙梅朗。你可以说你待在安娜·赛恩家。她是你父亲那边的亲戚。"

给我创造身份时,对细节的关注令人赞叹。比如说,把我的母亲设定为阿尔萨斯人可以解释为什么我在其他方面堪称完美的法语带有一丝微弱的德语口音。

我在接下来几星期里致力于忘记自己的身份,成为地下组织需要我成为的人——让-保罗·吉东。地下组织的一些成员被训练为打字员,有的成了报务员(他们被称为"钢琴师"),有的成了炸弹专家,有的成了神枪手。而我正在为情报工作接受训练。训练的很大一部分涉及让我适应新身份,有说服力地自称让-保罗·吉东。为了测试我的适应程度,罗贝尔会在任意的时间到来,甚至在深夜,质问我的身份。起初,这样被讯问时,我觉得自己像一个为准备盛大的家庭婚礼而试穿表兄的旧西装的年轻男孩:哪里都不对劲——袖子太长,肩膀太窄,绝非为我量身打造。让-保罗·吉东的角色比我在《八十天环游地球》里演过的任何角色都复杂得多。

尽管我很不安,但我被认为演得不错。在几次意料外的审问后,罗贝尔告诉我:"现在你向我复述这些细节很轻松了。但是想象一下,在纳粹审问者的刺眼灯光下被迫回忆你虚构生活的所有细节。在那种压力下,要保持故事完整可不是件容易的事。现在准备迎接相当严酷的适应训练吧。"

在接下来几星期里,我们反复排练和协调我的,也就是让-保罗的故事的所有细节——"我的"父母是如何相遇的,我父亲的年纪,他的死亡时间和方式,我在哪里上学,法国天主教教区学校是什么样的。罗贝尔的来访变得越来越不可预料。一天晚上他出现了,毫无预警地把我绑在椅子上,坐在我对面,告诉我,在我回答的问题令他满意前,我不能吃东西、喝水、上厕所。他无疑知道他的角色,演得像任何一个施虐成性的盖世太保审问专家。审问持续了三小时。

另一次,他在我睡着时溜进我的卧室,把一支明亮的手电筒照在我脸上,在我的床单上倒了冰冷的水。一直把我折腾到太阳升起。

罗贝尔在这个过程的早期解释过,最终我的任务是侦察我提过的地中海沿岸城镇。我将要汇报哪些区域禁止进入,描述我遇见的德国部队的种类。为了给我在这片区域的旅行找正当理由,托词是我是一名上门推销员,销售电话簿里的广告位。

几星期后——1942年11月下旬——罗贝尔似乎认为我准备充分了。我现在只是在等待关于我的主要任务的进一步训练。

在这段时期,法国本身的政治局势变了。到1942年10月,隆美尔到达埃及边境,正在接近苏伊士运河,他希望从那里向北推进,穿过叙利亚和伊拉克到达中亚油田。但是在10月和11月期间,在阿拉曼战役中,蒙哥马利元帅领导并且得到美国人武装支持的盟军部队击败了德国部队。隆美尔从埃及边境撤到突尼斯,在战略逆转中,被希特勒召回,后者大体上正在放弃非洲的战役。为了防止可能出现的对法国南部的入侵,德国终结了维希政府的相对独立,现在占领了整个法国。人们能够相对轻松逃脱德国监视(如果别人不直接怀疑或不知道你是外国犹太人）的阶段结束了。现在法国将遍布德国士兵。

在训练期间以及接下来两年在农场上的大部分时间里，我在很多方面是作为拥有农场的女人的年轻亲戚生活，在这里只是为了帮忙。安娜，一名虔诚的胡格诺派教徒，在蒙梅朗的教堂演奏簧风琴。她喜欢我每星期天跟她去做礼拜，也喜欢我和会众一起唱赞美诗。牧师和他的妻子注意到我的歌声，邀请我加入圣诞唱诗班。他们以为我是天主教徒，从对话中得知我实际上是一名自由思想者，但他们怀有这样的希望，即我会通过他们的眼睛逐渐认识基督教。1943年1月23日，我生日那天，他们给了我一小本《圣经·新约》，告诉我了解上帝的唯一途径是研究经文。他们在里面写道："愿怀疑者让-保罗能找到真理。"

过完生日几星期后，牧师叫我教主日学校。他认为孩子们会喜欢跟他们年纪相仿的人教课。我告诉他我从没教过任何人任何东西，更别提《圣经》了。

"你识字，不是吗？"

"当然。"

"那你就能教他们《圣经》！给他们读孩子的故事就行。我们会告诉你读哪些。"

班里有九个孩子，年纪都在五到九岁之间。我给他们读的第一个故事是《旧约》里的大卫和歌利亚的传奇。然后我给他们读了耶稣使面包增多的《福音书》故事。我必定是个不错的朗读者，因为孩子们听得入迷。在接下来几个月里，我给他们读了许多故事：亚当和夏娃、约拿和鲸、分开红海、耶稣行于水上、治愈盲人、令拉撒路死而复生的《福音书》故事。我自己对这些故事也不太熟悉。它们很棒，吸引了孩子们和我自己的注意，但我一个字也不信。跟我启程去法国前拜访祖父那次一样，接触这些故事丝毫无损于我的"自由思想"。

教堂的牧师天生热衷于市民生活，他是当地足球队教练的朋友。我提过我本人踢足球，他跟他的朋友安排我加入了队伍。在蒙梅朗的两年里，我一有机会就去踢球。

就这样过了很多个月之后，在一个深冬的下午，一个名叫阿里斯蒂德的年轻人短暂到访，给了我只有让情报网成员才知道的秘密口令。我甚至把这个秘密守到了今天。安娜邀请他进来吃晚饭，他和我们聊了一会儿。当她离开我们去继续准备食物时，阿里斯蒂德把他的椅子拉近我身边，低声说："你应该正式开始做情报工作了。晚饭后你跟我出去，到我的自行车那边。我有东西要给你看。"

喝过咖啡后，我们到了他的自行车前，他把手伸进后座上的挂包，拿出一个在月光下看起来像某种清单的东西。实际上它是一系列德国军装和徽章的图片，配上了与之对应的军衔和意义。

"好好研究，把它们记住。我过一个星期再来，看你学得怎么样。如果安娜问你在做什么，别理她就行了。"尽管安娜大体上知道我在为地下组织工作，但最好还是别让她了解细节。

我的作业看起来很简单，但事实证明，它比我想的要难得多。纳粹国防军（Wehrmacht，在德语里的意思是"防御军队"）的每个成员都在制服右口袋上方饰有一枚 3 英寸宽的抽象化鹰徽。对于应征入伍的士兵，是以银灰色的线用提花织造或机器绣制的。对于军官，是用白色丝线或铝丝手工绣制的。对于将军，是用金线手工绣制的。纳粹国防军用哥特字母和拉丁字母缩写、阿拉伯数字和罗马符号的复杂混合体来标记不同的军兵种、驻防区域和师级编制。领章跟兵种、隶属关系和军衔的标志一样设计复杂，种类繁多。我还得到了军事装备的图片，主要是各种类型的火炮。总共肯定有几百种不同的徽章需要我去熟悉。

阿里斯蒂德一星期后回来，就在星期四下午，安娜出门练习簧风琴的三分钟后，他算准了我独处的时间。到她回来时，我已经展示了辨认纳粹国防军全体编制徽章的能力，这令他满意。然后，他就现在要托付给我的任务做出了完整的指令。我将在地中海沿岸旅行，做侦察工作。在踏上这样的旅途前，我会告诉安娜我是去出差。实际上，她从没叫我解释过"差事"的性质。我会从一个城镇旅行到另一个城镇，向店主兜售广告位。"花 10 法郎，你就能在基础广告位之外多得两行位置。"我会这样提议。

卖这些广告位的公司是合法的，尽管它们实际上同情抵抗运动，允许我们以这种方式工作。我没有卖出很多广告位。大多数我设法向其推销广告位的商店没有钱买额外的位置。当然，我的"雇主"一点也不关心我是否完成了销售指标。我真正做的事情是骑车在法国东南部转悠，监视德军。我从一个镇走到另一个镇，记下士兵制服上的徽章以及十字路口的火炮类型和数量——坦克、装备等。我的任务是把它们都详细记录下来。我还要汇报部队正在海岸线的哪些地方建造小型防御工事，比如碉堡，通常是带武装的。德国人不知道盟军将在哪里登陆，对英国人来说，知道德国人以为他们将在哪里登陆是很有用的。这样，英国人就能用虚假情报引导德国人到周边地区建造工事。

我还花了很多时间待在军官和士兵执勤结束后爱去的酒吧和饭馆。他们并不怀疑，当他们饱餐面包、葡萄酒，在搞得到的情况下也大吃大喝他们最爱的香肠和大扎啤酒时，这个陌生面孔的"青少年"会把他们说的话都偷听了去。当然，随着夜晚逐渐流逝，他们会变得更喧闹和健谈，更自在地说出他们能说的话。我很少加入对话，说几句让他们放松戒备，就不说了。当他们好奇这么年轻的人在这里做什么时，我就坦白地告诉他们，我想让店主买广告位。如果他们想知道我是怎么学会德语的（我假装说得不好，带有浓重的法国口音），我

140　抵抗的艺术

就告诉他们，在被迫辍学前在高中学过。如果他们想知道为什么我没上学并且在酒吧晃悠，我就讲讲我死去的父亲和成了寡妇的母亲，他们通常就不会再追问了。和他们在一起时，我必须努力集中注意力，把所见所闻牢牢记住。我什么都不能写。如果我被抓到身上有笔记并且受到审问的话，就会进集中营。

我住在当地宾馆。夜里我确实不得不把收集来的情报记下，将纸装进一个没写地址的信封，尽快放进我们的情报网在瓦朗斯的信箱。一名信使会把它取走，拿到另一个站点。在那里，信件会被评估，相关情报会送到我们的"钢琴师"手上，通过电报传送给伦敦。报务员因其在电报设备上敲出复杂摩尔斯电码消息的技术，被开玩笑地叫作"钢琴师"。

当我在1943年1月开始参与这个情报收集行动时，抵抗运动不是一个铁板一块、管理严密的组织。他们不在一面旗帜下行动，相反，由游击队和自由战士组成的众多单独团体作为独立实体被组织起来。为了防止德国人的渗透，每个团体都发展出了自己的代码、安全程序和内部通讯方法。比如说，让的情报网的每个成员，包括我，只和两三个其他成员有行动上的联系。

除了销售电话簿上的广告位，我的任务之一是去伊泽尔河畔罗芒的一所高中听课。德国人正在使用那所学校的一块区域训练某种战士。抵抗运动希望尽可能了解他们被训练来做什么。在几星期的时间里，我上课、做作业、考试。但是在午休期间，我会和士兵们混在一起，试图通过单纯随意的对话了解我需要的信息。他们中的一些人想练习法语。我记得自己假装赞美一名上尉制服上引人注目的绶带和勋章。他骄傲地咧嘴笑了，告诉我他是在苏联打仗时赢得它们的，现在来这里训练士兵，教他们消灭游击队的战术。"非常感谢。"我不出声地说。这正是我在此要收集的情报。当假期来临时，我离开了学校。

每当我执行完任务回去，通常花个两三星期在安娜的农场尽情享受。我阅读，教主日学校，踢足球。

到1943年冬末，德国情报和警察部门在部署放在"定向"货车上的装备，用其定位非法无线电传输信号发出的地点。跟在这些货车上的是宪兵分遣队，专门受过训练来确定发射信号的地点以及发出信号的人。在大城市里，他们难以查明精确地点，但是他们不知怎的发明出一种查找技巧。在瓦朗斯，在我放置情报的地方，我们的"钢琴师"被辨认出来，并且被捕了，我们再也没听到他们的消息。一觉察到此事，让立刻叫我停止收集情报，并给我设置了新职责。

天降吗哪（1943年11月—1944年5月）

在"钢琴师"被捕后，我参与了一种不同的地下活动。地下队伍的很多军事小队尽管做好了袭击落单的德国卫戍部队的准备，但他们缺乏武器和无线电设备。抵抗运动分为功能不同的各个团体：比如小册子刊发、情报和军事游击队行动。英国人同意用降落伞给游击队员空投物资。1943年11月的一天，阿里斯蒂德出现在农场，通知我被分配到一个接收这些空投物资的分队。

让的总部会告知在哪天晚上、哪个时间点、哪处地方——通常距离蒙梅朗不超过30英里——我得带上一个耐用的手电筒，骑自行车过去。在那里我会见到十一名来自德龙省不同地方的地下组织成员。

他们叫我们守在一片露天空地里，组成一个大方块——四角各一人，四边再各站两个，总共十二人。收到指定的信号后，我们打开手电筒，指向天空。英国飞行员低空慢速飞行，知道在何时何地扔下绑在降落伞上的皮革大包裹。里面塞满了冲锋枪、弹药、手枪、步枪、用来做手榴弹和其他炸弹的塑料、现金以及无线电装备。包裹一落地，我们就帮另一个特别小组取回它们，将其拖到他们停在附近乡村公路的木煤气卡车上。（由于汽油配给制，我们被迫使用这种从木材衍生出的替代品。①）包裹一旦安全进入有遮盖物的卡车内，我们一行十二人就骑着自行车，从哪里来回哪里去。

每次行动都是德国特遣部队（专门根除游击队的中队）和我们之间的赛跑。胜利总是青睐我们，因为我们提前知道地点，总是先到那里。我从1944年1月到5月参加了很多次赛跑。最后一次比赛发生在一个星光明亮的夜晚，那次很险。降落伞稍稍飘出了它们应该降落的范围。我们飞奔过去捡包裹，帮另一个小组把它们装上卡车。我正要跳上自行车回农场，卡车的发动机却启动不了。木煤气转化器不规则地砰砰响了几下，逐渐陷入可怕的沉默。

我听到黑暗中响起一个声音。

"现在怎么办？"

"让我们再试试。"另一个声音说。司机试图再次发动引擎。这次连响声都没有。

"德国人马上就会到这里。"站在我旁边的一名同志说。

"它坏了——"说这话的人正打着手电筒照转化器。

当然，我们害怕德国人追上来抓我们，但我们也不想让他们拿到物资，尤其是武器。我们当中的一个人是炸弹专家，他知道如何制作炸弹和手榴弹。我们决定牺牲卡车和车上的东西。他组装了一个炸弹，把它放在卡车上，点燃引信，然后我们都离开了。（我一直不知道坐卡车来的小组是怎么返回他们的大本营的。）

除了知道投掷的时间地点，我们在取空投物资上跟德国人比还有一个优势。住在这片作为空投地点的崎岖山区的人们被做了思想工作，都支持我们，因此我们能得到他们的帮助。一个当地养蜂人捐出了蜂巢，万一卡车被拦下来搜查，我们能把取来的包裹藏在蜂巢下面。司机做了一个装置，让他能在驾驶舱内推翻蜂巢。他想阻止德国人近距离查看卡车上的东西，毕竟愤怒的蜜蜂在嗡嗡飞舞！

---

① 木煤气是木材汽化后产生的可燃烧气体。——译者

从1943年下半年到1944年上半年，空投相当频繁。但依然有充足的时间用来阅读，尽管我现在被要求在德龙省南部寻找隐蔽且植被茂密的山区，供马基团（maquisard，法国反纳粹游击队员）扎营。这个词来自maquis，"灌木地带"。我的新任务是在人们拒绝加入维希法国的强制劳动时，给他们寻找藏身之处，强制劳动这个义务在德国开启全面占领后开始持续强加在法国人身上。

一段时间以来，德国军队耗在两个战场之间，一边是苏联，另一边是非洲——直到隆美尔一年前在阿拉曼战役被打败。但即使在那次失败后，还是有一支德国军队在非洲，而苏联战役需要越来越多的部队。为了补充队伍，在军工厂和其他工厂工作的年轻德国人必须被征召入伍。然而，对战争活动来说，产业工人跟士兵同样至关重要，因此为了替代他们，法国被要求提供劳动力——本质上是奴隶。很多法国人拒绝为此服务，逃进了森林。这些人就是马基团。我们必须寻找隐蔽的野营地给他们藏身。

我的任务是骑自行车，走小路穿过瓦朗斯东北部人烟相对稀少的区域，寻找林中小径。当我找到一条路时，就会把自行车停在那里，徒步进入森林，直到遇见一片我认为可能适合建造营地的林中空地。然后我回到瓦朗斯，把描述信息投入让的信箱。一个比我更懂野营地要求的人会来安娜的农场，我们会出发前往我发现的地方。至此，在这些偏远地区，甚至都有警察在搜寻像我这样执行颠覆任务的人，因此我们得准备好像样的说法。通常来说，我的伙伴和我是表兄弟，是骑车来野餐之类的。事实上，我只参与了这项活动几个月，不久就被要求加入一个马基团。

农场上最后的日子（1944年6月）

我参与的最后一次空投发生在1944年6月6日盟军登陆诺曼底的几星期前。在厨房收听英国广播公司的节目时，安娜和我听到了这个新闻。我们当然欣喜若狂，尽管我们意识到战争远未结束。盟军依然得把德国人赶出法国，然后在他们自己的领土上将其打败。

暂时一切照旧。接下来的星期四，按照习惯，安娜挎着一个大篮子，装满新鲜蔬菜、鸡蛋和绑住腿和嘴的活鸡，去了蒙梅朗的胡格诺派教堂。她的做法是把东西放在她知道需要食物的人家门口，按响门铃，然后离开。她做的是我祖父所说的真慈善，捐赠者在其中保持匿名。在我拜访他时，他给我讲了一个传统犹太故事：古时候，一个虔诚的人会在衣服背后缝上小袋子，里面装满硬币，就这样四处走动。需要的人可以取走硬币。虔诚的捐赠者不会知道礼物送给了谁，接受者也完全不知道捐赠者是谁，避免了双方的任何责任感。尽管不富裕，安娜却是一个极为慷慨的人，既因为她慷慨赠礼，又因为她如此好心地冒着生命危险藏匿我。

那个星期四，安娜出去了，我坐在院子里阅读和整理我的日记。院子四周的花叶非常招鸟儿和蜜蜂的喜爱，那天早上它们在院子里尤为忙碌。我被小说深深吸引——福楼拜的《情感教育》，从牧师的图书室借的——这导致我没听到阿里斯蒂德来了。

"你在读什么?"他说,吓了我一跳。

我抬起头,对他微笑:"一本关于爱情和战争的书。"

"非常合适,"他咧嘴笑着说,"这是我最爱的书之一,我很想和你谈论它,但是我必须开门见山。我们想让你加入一个马基团,宿营地在这里以北大概25公里处。"

"这和诺曼底登陆有关吗?"

阿里斯蒂德点头。"我们的情报网将骚扰德国人,支持盟军入侵。马基团现在会成为游击队战士。"

"我很乐意加入他们,"我说,"但我没受过军事训练——我唯一开枪瞄准过的是但泽集市的机器鸭子。"

"你会在营地接受所有必要的训练。"

我不需要任何说服。与纳粹直接战斗的前景极其激动人心。"我什么时候、去哪里报到?"

"我明天黎明来接你。要走半天多的路。只带绝对的必需品:衣服、厨具、鞋子和尽量多的食物。"

"我该跟安娜说什么?"我在她的农场住了两年。我们非常喜欢彼此。在我来之前,她一个人住,我知道我的离开对她来说会是件伤心事。

"随你,"他环顾四周,然后说,"抱歉。我现在得走了。"他离开时跟来时同样突然。

安娜在一小时内回来了。她一见到我就知道发生了不寻常的事。她不需要说一个字,扬起的眉毛就已经在问发生了什么。

"我明天得走了。"我低声说,把悲伤的消息轻描淡写。

"又去出差?"

"恐怕这次得……久一点。"

"两个星期,还是更久?"

"我不知道。"

她懂了。她走到放酒的架子前，取下一个落满灰尘的酒瓶，按照她的习惯，连同开瓶器递给我。然后她去厨房拿了两个玻璃杯，接着在我身边坐下。我们醒了一会儿酒。

"我一直知道会有这么一天，你不得不离开。我曾希望你能待到战争结束。"

我拉起她的手，握了很久。

最终，她打破了沉默。"好吧，要庆祝即将到来的解放，一杯葡萄酒可不够。我会把院子里最肥的鸡抓来，做你最爱的土豆菜肴——奶油焗土豆。甜点就吃巧克力舒芙蕾。"

看着她在厨房忙里忙外，这激起一阵情感风暴——悲伤、关切，甚至对于离开她产生了愧疚。这让我想起离开但泽家人的那天。那天，我对即将到来之事的兴奋盖过我的悲伤。今天，一种不同的兴奋潜伏在我的情绪下，但我真心感到悲伤。晚饭后，我们像往常那样聊家常，享受彼此的陪伴。

成为游击队员（1944年6月）

第二天一早，当阿里斯蒂德在院子和我碰面时，天依然很黑。我们沿小路走了一小段距离，然后我转身看房子。许多树枝遮覆在小路上方，形成一个天然华盖，它们无疑已经演化了数世纪。我经常在黑暗中走这条路，从没想过它的特质，但这次，它吸引了我全部的注意力。我想永远记住这个华盖，因为我知道自己再也见不到它了。

很快，另外两人加入了我们。天色破晓。我们将用大半个白天徒步走山路，穿过长满密林的地区和农民放牧的草场。马基团的宿营地自然位于偏远地区，以免被发现。我们每隔三小时左右就停下来休息，但只歇几分钟，因为我们想在夜幕降临前到达。当我们到那里时，太阳刚开始消失在侏罗山的山峰后，给我提供了仅够打量新环境的光线。

宿营地位于一块林中空地，边缘用石头和大圆木标记，整个地区周长也许有600码。前一天到达的两名男人，跟已经住在那里的几个马基团团员正在修理几个粗糙的棚屋，之前使用它们的是夏季的牧羊人、猎人或几百年前躲藏天主教会的胡格诺派。亨利，另一名马基团团员，迎接了我们。

"我带你们转转，然后我们给你们弄点吃的。"最大的棚屋被当作公共会议室兼餐厅，里面正在上晚饭——某种红酒炖牛肉。考虑到它是在一个比油灯大不了多少的便携式小煤气炉上烹制的，算是不错了。这种炉子的优点是不产生炊烟，因此不会暴露我们的位置。

晚饭后我们被领进一个改了用途的仓储棚屋：架子现在成了上下铺，铺了稻草当床垫。没有多余的礼节，我在其中一张床上用舒适的姿势枕着手肘，马上睡着了。

当我醒来时，营地的大多数人已经起床了。门外有人在做一组木盒子，盒子的开口前侧覆盖着细铁丝网。亨利注意到我好奇的眼神。

"这是抓兔子用的——最容易处理的动物，能为我们提供大量的肉。"

待在安娜家时，我对兔子有所了解，知道它们消耗数量惊人的蒲公英。我在安娜家的任务更多是喂养它们，而不是煮了它们！

"我在哪里洗漱？"我问他。

他指向树林。"那条小路通往一条小溪。"

溪水仅是涓涓细流。有几处，岩石从溪岸突出，制造出小型瀑布——这是洗漱或洗衣服的理想位置。

游击队训练在8点左右开始。带队的是一个四十多岁的高个子，他的声音和举止暴露了他职业军人的身份。他的名字是皮埃尔。我瞥了一眼跟我共同训练的人，有十五个，年纪各不相同，为了躲避给德国人工作而来到营地。他们跟我一样，算不上战士。

"把手放在你旁边的人的右肩，每人保持一臂的距离。我要你们每天早上这样列队。"

在接下来的四十五分钟里，我们做了开合跳、仰卧起坐和俯卧撑。结束后，我们两两成对，绕营地边缘慢跑了很久。然后是武器训练。幸运的是（因为我们到这时相当疲惫了），这个训练大部分时间是坐成一个大圆圈，拆卸武器再把它们组装回去。武器是斯登冲锋枪——轻型枪支，枪托可拆卸，零件简单，可轻松更换。它们跟英国人用降落伞空投并由我帮忙收取的枪支种类相同。我们重复每个步骤，直到几乎能蒙着眼睛操作。

接着，我们学习了如何用站立、跪下和俯卧的姿势开枪。没那么容易。我对后坐力、把后脚支撑在哪里或如何抵消反冲一无所知。我们开枪只是为了学习如何开火，从没对着靶子开过，为的是节约弹药，并避免暴露营地的位置。练习了几天后，我们知道了如何在走路时枪口朝下、手指放在扳机上，以及如何在贴地爬行时把枪放在前面。皮埃尔给我们展示了投掷手榴弹的方法，用石头当投射物，树木当靶子。最后，我们学习了基础的紧急护理和用肩扛式把彼此扛出远距离的技巧。

十天的训练后，皮埃尔把我和其他几个人叫出来，告诉我们，我们被选中进行突袭。"我们的目标是离这里约 7 英里的小镇外的一个仓库。我们认为那里没有守卫，所以把这当作一次额外训练项目。我们的目标是拿尽可能多的有用物品：毯子、袜子、靴子、枪、弹药。出发时间是明早 4 点。保证你们的枪擦干净并且上了油。我不觉得我们用得上，但说不准。"

计划是我们中的三个人在仓库站岗，而克里斯托夫（另一名马基团团员）、皮埃尔和我会进校舍，也就是当地教师居住的地方。皮埃尔说校舍不会上锁，但我们很可能得用强力进入教师的住处。我们会弄醒他，控制住他，把他带去仓库，因为他有仓库钥匙，然后我们会拿走一切看起来有用并且不太重的东西。之后我们会塞住他的嘴，把他锁在仓库，在村庄苏醒前离开并回到营地。"这个狗娘养的不仅是个出名的通敌者，"皮埃尔说，"还是个活跃的纳粹，所以不必为了这么对待他而烦恼，那是他应得的。"

到目前为止，我在抵抗运动的行动中做了很多事，但我从未直接实施暴力行动。如果教师奋力抵抗，就得解决他。我怀疑我近距离射击某人会有点困难，但皮埃尔说这人是个彻头彻尾的纳粹的话起了作用，于是我把焦虑抛之脑后。

如预料的那样，学校没有上锁。皮埃尔叫我待在我们进入的教室别动，而他跟克里斯托夫强行打开了通往教师住处的锁。当我粗略察看这个地方时，目光扫过黑板上方的标语牌，上面写着维希法国的格言："劳动、家庭、祖国。"一幅贝当元帅的肖像挂在墙中央。一个小书架立在黑板旁。我检视了书的标题。我发现了三本或许会对我大有帮助的书，因此我拿走了它们：一本 1905 年的给法国人自学俄语的书；一本橙色小书，查尔斯·兰姆的英语散文；还有一本破破烂烂的英法字典。运气真好！我心想。正当皮埃尔和克里斯托夫拖着瑟瑟发抖的教师回来时，这几本书消失在我的衬衣下。

"行动吧！"皮埃尔命令道，"一切按计划进行。至于你"——他用斯登冲锋枪戳了戳教师的后背——"不许发出声音。"当我们到达仓库时，教师开了锁，拿下沉重的锁链。我们走进了完全的黑暗。

皮埃尔命令吓坏了的纳粹，"打开开关"。挂在椽子上的灯泡立刻照亮了这个地方。墙壁 8 英尺高，堆满盒子，里面装着毯子、肥皂、羊毛袜、军靴、防毒面具。然而，没有枪炮或弹药。我们翻箱倒柜，每个人都拿了尽可能多的东西。衬衣下放着书，我心想把它们扔掉，换成几双靴子会不会更明智。我很高兴我没这么做。在接下来几个月里，它们成为支撑我的精神食粮，而我的俄语和英语知识在战争后期和之后的岁月里将派上大用场。

我们带回来的一切都上交，存放在一个较小的棚屋里——除了书——我没有私藏，被获准保留。

"作为演练，还不错。"皮埃尔说。

在接下来的两个星期里，我们的训练强度变得越来越高，我们受到日渐大胆的任务的测试，从弄松铁轨上的钉子到在桥底藏地雷。在空闲时间，我们踢足球（用外套当球门柱）或者分小组打牌。最受欢迎的牌戏是勃洛特，那是我十岁时从母亲那里学会的，我们用匈牙利语叫它克拉布里亚斯，用意第绪语叫它德尔德。然而，我最爱的消遣是离开营地走五分钟，到溪边读书。周围的森林浓密、凉爽而黑暗，除了穿过树冠照进来的几束阳光。

营地里的高级烹饪（1944年6月—7月）

为马基团供应食物是件棘手的事。我们的兔笼里有充足的肉类供应，但烹煮是个问题。你不能在随意燃烧的明火上烤它们，因为烟会暴露我们的位置。另一方面，我们处于一个相对偏远的地区，在战争的这个阶段，德国人更关心把部队派到北边，而不是把马基团赶出来。我们尽可能用微火做饭，纯粹是碰运气。

除了兔子，我们的食物主要来自从附近农田里搜来的蔬菜：当季的胡萝卜、洋葱、土豆、韭葱、芜菁和南瓜。我们偷菜，但我不觉得周围的农民们会介意。一个农民的妻子偶尔做很多水煮土豆（没削皮），把它们塞进大奶罐里，把罐头放在手推车里，藏在从牛棚拿的粘了牛粪的稻草下。她会把土豆留在地的边缘，好像那是粪肥。稻草很容易跟土豆分开，因此我们不会闻到粪臭。

我们轮流当"炊事班"，一个班两人。我喜欢做饭，尽管我到目前为止没有给十六人小队做饭的经验。

轮到我做饭那天，我想炖兔子。把兔子从笼子里抓出来后，我立刻遇到问题：如何杀掉它们。我的炊事班同伴有恰当的技巧：要把兔子处理成能烹饪的状态，我得先给它放血；这包括用一根大棍子把它敲晕，这样我割它的喉咙时，它就不会受苦。

解决了这点后，下一个问题是：在把兔子切成块之前，我得弄掉它的毛皮。该怎么做？再一次，我的助手有办法。他给我演示了如何在兔子的一条腿末端切一个小口，然后拿一把钳子，把皮整个剥掉。

那之后，就不再有别的问题了。

给十六个人做菜需要四只兔子。我们费了点劲，揪着耳朵抓出四只兔子，它们扭来扭去想逃开，我们尽可能仁慈地杀死它们。

大家觉得很好吃，每次轮到我做饭，他们都期望我炖兔子。

埋伏（1944 年 7 月）

一天下午，在河边读了约莫一小时书后回到营地，我发现战友们在清理武器，将其拆开再组装。某个重要任务即将开始，我加入准备工作。

那天深夜，我们一行十人在两个棚屋间长满草的广场上集合。曾是一群被迫躲进山林当马基团的平民，如今成了一支训练得当的游击队战士。一层浓密的乌云遮蔽了月亮和群星——伏击的完美条件。按照训练的那样，走路时前后保持一臂距离，在黑暗中走了几小时后，我们到了一条土路，两辆卡车（烧木煤气）在那里等我们。我们分成了两个五人小队，登上载满成箱的手榴弹和两台重型冲锋枪的卡车，前往山谷更深处。某一时刻，卡车在路边停下。我们爬下来，用枝叶把卡车伪装起来。

旅程的最后一段，我们步行前进。凌晨 3 点快到了。我们必须在黎明前到达埋伏的地点，天亮后我们会被人看见，而我们想尽可能久地保持隐蔽。我们的计划是攻击正在北上加入大部队的任何德国军用车队，此时德军正试图把盟军限制在他们一个月前登陆的诺曼底。埋伏点设置在离我们藏卡车处 2 英里的地方。在突袭后，我们能相对安全地穿过森林回到卡车上。

高速公路的路肩相对较高。我们驻扎在从路上看不到我们的地方,我们中的六个人以 40 码的间隔分散开。我们的想法是在路肩上保持尽可能低的姿势,同时把枪准备好。两个人操作放在右侧森林边缘的一台机枪,一个给这台 40 毫米口径的枪装填弹药,另一个开枪。另外两人操作后方 100 码放在逃跑路线上的第二台机枪。凌晨 5 点天色破晓。天空从灰色转向深紫,在看见目标之前,我听到一辆德国军用摩托车在路上靠近,那声音绝对错不了。由于经常受到游击队的骚扰,德国人吸取教训,勘查车队前方的情况。我们部署的路段一定看起来很可疑。摩托车手开得非常慢,以便坐在跨斗里的士兵用望远镜检视这片区域。他会发现我们吗?他用旗子打了个信号,很快我就听见了成队的卡车声,当六辆沉重的平板拖车开过来时,我感到地面的震动。他们载着卡车和火炮,由拿着上膛机枪的士兵保护。

当第一辆车经过我们,到达我们这条线的末尾时,皮埃尔吹响口哨,在路肩上的六人掷出手榴弹,每人都对准经过他面前的卡车。没有当场被杀死的德国人跳下车辆,开始向我们开枪,而我们穿过树林往回跑,侧翼的机枪掩护我们撤退。由于我是操作冲锋枪的人,我是最后撤进树林的人之一。在快回到卡车上时,突然我后腿一麻,跌到地上。有人拽着我的衣领,把我扛上肩头,抬进卡车里,随后我们疾驰而去。一个人看了看我的腿,说只是皮外伤——我的右小腿肚被子弹擦伤了。尽管他说的没错,伤口不深,但依然流血严重。皮埃尔割下我的一条裤腿,做成止血带。"这应该能凑合到我们的迪朗医生从瓦朗斯回来给你治伤。"

一回到营地,我就被送进一个小屋,躺在我们仅有的几个炉子旁边,让我保持温暖。迪朗医生第二天一早到来,一个年轻女人陪着他。她是一名护士,来自地下组织的一个城市分部,自告奋勇参加我们的突袭和埋伏。在我养伤时,她的在场引发了关于是否要给女人战斗任务的激烈争吵。比如说,有一个紧迫的问题,即她应该睡在哪里。我们队伍十六名成员中的六个——包括我——支持她们参与。事实上，她被允许待在我住的房间里。

我的伤只花了两星期就痊愈了，在此期间我学习英语和俄语。逐渐有新成员来到我们的营地，我帮他们适应环境。其中一个跟我走到我最喜欢的溪边阅读处。

"哦，你在读什么？"他问。

"我在自学俄语和英语。"

"真是个好主意！这些语言在战争结束后会非常有用。"

"什么意思？"我问。我知道得很清楚，但我想让他开口。我们聊了一会儿，当他意识到尽管我对哲学和意识形态感兴趣，但在这些领域读书不多时，他开始给我讲课，好像他正在大学开研讨会。我发现他说的内容清晰易懂，我们几乎每天见面。他曾是瓦朗斯一所高中的哲学教师。他从给我详细列举他称之为"实践"原则的内容入手。

"任何哲学都只是一张智力蓝图。"他说。"即使是有用的概念也只是概念。蓝图不是建筑。有时目标是找到一个先前存在的结构背后的蓝图；在其他时候，目标是设计一个优于现存结构的结构。但是要这么做，"他断言，"我们必须深刻思考地球上的人类和人类社会的功能和目的。"

他详细解释了"人类天性"（human nature），以及是否真的存在一种人类天性。"我们把什么描述为人类天性？生存本能？对食物的需求？对性的欲望？我们把这些东西叫作'人类天性'，但它们并不是人类独有的。它们不是人类天性——只是自然（nature）。

"政治思考始于试图在自然本身的基础上定义人类天性。资本主义全盘接受自然和人类天性，但它所重视的，直接来说是食物和性，间接来说是通过服装、发型等时尚对这两样东西的商品化。作为对比，马克思主义认识到资本主义已经在调节这些现实的本质。"

我听得很仔细,开始跟着他发展出我自己的想法。此时,我问他:"马克思主义者想改变人类天性或自然本身吗?"

"这点很微妙。马克思主义以'辩证唯物主义'的名字为人所知。所谓'辩证',指的是其哲学立场本身总是受批评和更深入的思考支配。它接受唯物主义科学给出的自然观,但同时,它承认我们对自然的理解是一个历史过程。如果我们能改变人在历史环境中的位置,我们对自然本身的理解就会改变,带着这样的理解,我们也许能找到改变我们真实身份的方式。马克思主义是关于人类可能性的哲学。"

我依然认为,我们的自然概念是一种历史产物,人类天性有能力转变;也就是说,我们拥有还没探索过,甚至没发现过的可能性。但是今天,随着共产主义的式微和资本主义或多或少的全球化,在这方面发生历史变化的希望微乎其微。我们别无选择,只能与我们现行的技术—文化给我们的"自然"共处,并希望其中的矛盾不会摧毁地球上的生命,以及未来的人类会有能力再次开启转变的过程。

我们论及很多其他话题。从我在蒙梅朗主日学校教年轻学生的经验,我考虑了一下当老师的可能性,因此有时我问他对教学法怎么看。他用一句漂亮的箴言总结了他的观点。教学应该努力"让美丽的事物变简单,让简单的事物变美丽"。

第 636 坦克歼击营侦察连（1944 年 8 月—10 月）

    1944 年夏天，来到法国的盟军部队并非只有 6 月 6 日在诺曼底登陆的那批。8 月 15 日，一支约 15 万人的队伍在土伦和圣拉斐尔之间的地中海沿岸发起了一次入侵（代号：龙骑兵行动），我在这个地区做过侦察，因此对其非常熟悉。德国人无法有效地两线作战，撤回了罗讷河谷的南方部队，那个地区我也非常熟悉。

    在诺曼底登陆不久，龙骑兵行动之前，法国地下组织的部队（等待加入盟军的抵抗战士）在韦科尔山遭遇了一次失败，那儿离我的游击小队的扎营处不太远。纳粹德国空军从沙伯伊机场发起袭击，把那里当作滑翔机的基地。7 月 23 日，大概 25 架滑翔机成功运输了 12 000 名身经百战的纳粹党卫军伞兵、坦克和重型武器到韦科尔高原，完全消灭了我们在那边的抵抗战士。但是龙骑兵行动大大补偿了这次失败。法国将要展开对抗德国人的第二阵线。

    我的游击队没有得到通知说我们将会参与龙骑兵行动，但是在龙骑兵登陆三天后，一名信使到来，指示我们在沙伯伊机场附近建造路障。德国人现在正在抛弃阵地——我们已经能听到从机场方向传来的爆炸声。他们正在炸毁他们带不走的所有装备。路障是为了阻碍德军撤退。因为我在这个地区生活了两年，了解出入沙伯伊机场的所有道路，所以我被指定负责这项行动。

我们建好路障的第二天早上,等着德国人通行。一个叫雅克的年轻法国人和我在距障碍物略远的硬木林中操纵一台机枪。小队的其他人持手枪、步枪和手榴弹。我们等待着德国人,整夜未眠。大约凌晨5点,我刚开始打盹,雅克突然用手肘把我推醒。

"看那边!"他说,指着在路上朝我们走来的三个人影,但不是从机场方向来的。太阳升起,在他们身后照耀,很难分辨他们是不是德国士兵。然而,雅克已经下定决心。他的兄弟在韦科尔高原被纳粹杀死,我知道他很爱开枪。"这些是德国佬。我要把他们毙了。"他抬起他的枪。

"等等,"我下令,"那里只有三个士兵。"我想更仔细地看看他们。雅克把手指从扳机上移开。他们走出了耀眼的阳光,现在我能清楚地看到他们了。

"天呐,"我喊道,"他们不是德国人。那不是德国军服。我打赌他们是美国人!"

这三个人完全不知道我们埋伏着。很快他们就来到我们跟前。我拔出左轮手枪,跳出躲藏处,大喊:"举起手来!"我必须说,我的英语并不局限于查尔斯·兰姆——我看过一两部好莱坞西部片。

我一定很难看,穿着破破烂烂的衬衫和短裤,胡子拉碴,腰带上塞着手榴弹。这本身一定让他们吓了一跳。他们往后跳了一步,疯狂地指着缝在他们制服手臂上的美国国旗。

"我们不是德国人!"其中一个喊道,法语里带着浓重的美国口音。

"你们是美国人吗?"

"是的!是的!"

"你们知道你们在哪里吗?"

"沙伯伊附近,对吗?可是你是谁,在这里做什么?"

THE ART OF RISISTANCE

"我是法国地下组织——游击队——的成员,我们正在等德军从那个机场出来,伏击他们。"我用我最好的英语说,无疑带着浓重的法国口音。

"我是来自第 636 坦克歼击营侦察连的罗杰斯中尉。"他自报家门。

罗杰斯和我就这么认识了,当他意识到我负责制造路障,显然了解德国人在这片区域各种驻地情况时,便从口袋里掏出一张地图,叫我在上面标出我们知道的德军驻地,叫我告诉他我所了解的一切。我花了几分钟满足了他的要求。

"这很有帮助,"他说,"从那条路拐过弯去,我们有三辆装甲车。如果你能跟我到我们营的总部,把你刚才告诉我的话说给上校听,我会十分感激。"

"当然,"我说,"只要你把我送回来。"

道路转弯处后确实有一辆装甲吉普车和另外两辆装甲车辆。士兵们站在旁边,等待罗杰斯回去。他们看起来很棒。仅仅看到他们就让我觉得,战争很快就会结束。

罗杰斯叫我和他一起坐在吉普车后面,命令司机前往蒙梅朗。二十分钟后,我们来到了他的营地总部。此时距离我上次进城已经有几个月了,看到平日安静的广场现在满是美国坦克和装甲车,感觉很奇怪。部队的士兵们熙熙攘攘,和店主交谈,站在街角,坐在教堂的台阶上。

我们停好车,直接前往上校办公室。他打量我一番,带着我从电影里学习辨识出的得克萨斯式拖长的腔调说道:"你给我带来了什么?!"

"一样我觉得你会非常感兴趣的东西,"罗杰斯说,"这个家伙了解瓦朗斯和沙伯伊之间所有的德军驻地。"

"是吗?"上校对我说。

"是的,"我回答,"我是法国地下组织的成员,一支游击队的一分子,我们正要伏击从沙伯伊机场撤退的德军。我在地下组织的身份是让-保罗·吉东。我的真名叫尤斯图斯·罗森堡。"

"你了解这个地区的大概情况,不光是德国人的驻地?"

"是的,我了解。"

"你会说一些英语,还会其他语言吗?"

"德语和法语。"

"斯拉夫语呢?"

"波兰语和一点俄语。"

"跟你说吧,到处都有为纳粹战斗的乌克兰人和白俄。我需要一名审问官,我想让你加入第636营。"

"我明白这个需求,"我说,"但我在负责一个干扰那些撤离沙伯伊的德国人的行动——我得尽快通知我的战友们。"

"当然了。"上校说,他拿起电话机,拨了一个号码,说了几句话,然后把听筒递给我。上校打给了挺进中的一名法军军官,这支部队从英国登陆法国南部,与诺曼底登陆的美军、加军、英军协调行动。法国人打算把抵抗战士整合到总体的盟军战略中,因此我的新职责应该向他们汇报,这很合理。

一名军官用法语说:"你现在被分配到第636坦克歼击营侦察连了。"

好吧,我想。接下来会发生什么?

罗杰斯和他的司机陪我回到我的埋伏小队。我向我的战友们道歉,向他们保证,没有我他们也能执行任务,然后道了别。我觉得他们坦然地接受了这个情况,并继续他们的行动。

现在我们开车回蒙梅朗。在营部,我得到了一套崭新的美军制服、新鞋、袜子，还被带去看了一个梳洗和刮胡子的地方。他们唯一不能提供给我以确立我的美国大兵身份的东西是一对胸牌。"如果你被抓了，"发这些物品给我的中士建议说，"就说你弄丢了。现在，你是'侦察'连的成员了，你会接受罗杰斯中尉和埃文斯上尉的命令。营里有几百名士兵。"

我很快发现这些士兵个个都是得州人。他们个子很高，说话都带着那种熟悉的长调。

当我加入我的小队，向大家介绍我那有点犹太味的德语名字时，其中一个低头看我，用一种半是受到吸引、半是厌恶且非常好奇的声音说："我从没见过犹欧太艾人。"然后我们聊了起来。显然，得克萨斯的一切都是美国最好的：最好的牛群，最好的音乐，最好的女人。不知怎的，这确实看起来有点太像牛仔电影了！但是得州人没有类似的电影形象，能用来比较他们对我的印象，所以从某种意义上说，我相对他们有优势。从尴尬的介绍逐渐发展到在并肩战斗时分担严肃工作，遭受严峻的危险，我们相处得还不错。

我最初的任务是当我们在法国行进时询问当地人，弄清楚他们有没有见过德国人、往哪个方向走了等等。我从1944年8月21日起，在第636坦克歼击营待到1944年10月底。它的徽章是一只正在用牙咬碎坦克的老虎，它的使命是："搜索，出击，歼灭"。我作为四名车上随员之一，乘一辆专门打造的侦察吉普车行进。我总是坐在司机旁边，随时准备跳下来审问我们遇见的掉队德国士兵，或者跑进一家农场，问里面的人有没有见过任何德军分队经过。偶尔，我们驶离大路，伪装好吉普车，用无线电联系总部，把火炮对准开进我们视野的德国人。

尽管我已经打了很多个月的游击，伏击车队，撤回躲藏处，但不知为何，现在参与的战斗比我之前参加的任何战斗都让我心神不宁。一个困扰我很久的画面——其实在七十多年后的今天依然困扰我——是一辆德国重型坦克被击中，着了火，弹出被爆炸点燃的人。我看到他们在草地上打滚，以扑灭火焰。他们是最令人畏惧的党卫军装甲师的成员，但我依然怜悯他们，想象他们的疼痛。

我开始敏锐地感觉到一支职业部队（与地下组织的游击队相比）是如何组织和运作的。部队功能的复杂和流动性令我折服。一台巨大的战争机器正在法国开动，收复土地，把德国人越来越远地推回德国。"游击"战斗，顾名思义，是"小型战争"。但是那种战斗是在对抗一支完整的占领军，其危险性一点也不小。与此相反，入侵部队的规模和我们处于进攻方的事实，给人一种相对的保护感，这当然是个幻觉。我们经常暴露在敌军的火力和地雷面前。

此外，游击战事大多是选择某个时间地点出击。我们有战术优势和突袭元素。计划一次行动可能要花几个星期，甚至几个月。但是我们制作计划，排演，并练习每个细节。即使当我们开始行动后，当下情况的变化也会阻止我们，迫使我们调整战术，然后再次开始。作为对比，战争机器在一个大得多的层面上计划和主导行动。我们对自己在一个巨大行动中的角色负责。但这不是同样意义上的我们的行动。我们现在是体验脆弱性的一方了，会遭遇隐藏的突袭、破坏和意料之外的地雷爆炸。

在里昂，白谷仓医院外——正是我从中逃脱的医院——我碰巧遇见了一个坐在地上啜泣的德国士兵，他把受伤战友的头放在大腿上轻轻抱着。他无疑心存幻想，觉得他能以某种方式让战友进医院。我问他属于哪个分队以及分队前往的方向。当然，他告诉了我他的名字、军衔和部队编号,但拒绝透露其他信息。他的战友严重失血,如果得不到认真的医疗救助,显然很快就会死去。我被这人的悲伤所触动,但我也看到了一个获得有价值情报的机会。

"听着,"我说,"如果你把你知道的分队行动告诉我,我会叫一辆救护车,送你的战友去一家美国战地医院。"(白谷仓不接收德国士兵。)他想跟他的战友一起走,但这不可能。他现在是战俘了。我得叫来一名专门处理战俘的军官。他会被带去一个临时战俘营,诸如此类。无论如何,他同意了我的提议。我从未得知他的战友是否活了下来,但是我们从交易中收获颇丰,完全值得做这个安排。我从我的战俘那里得知,里昂附近所有跨越罗讷河的桥都被炸毁了。第二天早上,第636营应该过河送巡逻队北上。我们该怎么办?

我的侦察小队里的一名无线电话务员——一个名叫伯根的家伙——兼任通讯专家。他和我现在被派去沿罗讷河寻找一个能放浮桥的地方。当我们站在河边时,枪声响起。伯根倒下,跌进河里,被冲走了。这件事发生之突然,令人胆寒。尽管我自己在先前的小冲突中得了皮外伤,目睹过远处敌军伤亡的不安场景,但到目前为止,我还没有近距离体验过战斗暴力。这是第一次有战友在我身边被杀。决定谁被杀的是运气,还是命运?是的,我确实大受震动,不仅仅因为死的很可能是我。

我们分队通常在夜间走小路,不开车前灯,当然也没有路灯,所以会发生严重的道路事故,也因此导致了并非敌人造成的严重伤害。然而,在白天前行也很危险。敌人可以看见并伏击你。欧洲的小路狭窄曲折,基本上比动物拉车走的小径大不了多少。在20世纪的这个时候,已经有不少高速公路,但那些路早就被炸毁,如果完好无损,也会遭受断断续续的轰炸或机枪扫射。即使在状况比小径好的小路路段，也经常有美国人立的标志，警告说路肩里还有未清除的地雷。

  在我们的某次任务期间，我们观察到两个连的德国步兵沿罗讷河谷移动，由两辆德国五号坦克带头。我们在他们上方半英里处的一座小山上设置了一个观察哨，从那里我们能观察到他们的行动，并把火炮对准他们开火。来自我们的 6 英寸口径枪炮的第一次射击稍偏离了目标，但让他们意识到遭受了攻击。我们看见德国士兵像蚂蚁那样在山谷里乱窜。我们调整了火炮上的坐标，下令第二次猛烈开火。他们往自己的枪炮上扔德国伪装网和树枝，试图伪装它们。更多士兵从炮台后跑出来，背着火炮零件，爬上卡车，想躲开我们的攻击。他们没成功。第二次齐射击中了目标。一阵爆炸声扬起烟尘。更多炮火，更多噪音，新的烟雾。透过烟雾，我们看到一个相当宏伟的德国军备大杂烩，正在被丢下，留给盟军。事实证明，除了那两辆五号坦克，还有八辆四号坦克；四辆六号坦克；三台 88 毫米口径的自行火炮；两辆装甲侦察车和八辆弹药车；十六辆人员输送车；还有六辆指挥车。等到轰炸停止，第 636 营所属的第 36 步兵师的成员就进入山谷，在所有这些装备外，还俘获了 215 名敌军战斗人员。

泰勒地雷事件（1944年10月17日）

此时的战争局势如下。1944年6月6日，美国人、加拿大人和英国人在诺曼底登陆，正在把德国人往东推回德国。8月15日，一支由美加英法部队组成的盟军从他们的非洲殖民地和意大利（半个意大利已被解放）到普罗旺斯登陆，而德国人正在北撤。第636营参与了那次行动。8月25日，盟军进入并解放了巴黎。

正被赶离法国南部驻地的德国人，越靠近他们的边境，他们的装甲营就战斗得越猛烈，目的是掩护他们正在撤退的师能在孚日山脉建立一个强大的防御驻地。在1944年10月11日第戎解放后，第636坦克歼击营各侦察小队向东北散开，以获取尽可能多的关于残留德军兵力的情报。在分配给我坐的装甲吉普车上，我总是坐在司机旁边，帮他穿过小村庄和乡间道路的迷宫，路牌已被德国人移除，里程碑上的数字也被破坏了。我有当地的地图，负责在缺乏路标的情况下搞清方向。大部分时间我指的方向是正确的。

我们经常在偏远农场停车，叫农场居住者在我们的地图上标出他们的位置，并告诉我们距离他们看见德国人经过有多久，人数有多少。情报立刻由坐在吉普车后座的两名无线电发报员传到我们的总部，车上配备了一台强大的无线电发射器。后座剩下的空间放了成箱的K口粮。（巧克力棒、香烟、速溶咖啡、厕纸和法国人从1940年起就很少见到的其他东西。）当我收集情报时，队里的其他成员似乎想以物易物——用手语和几个法语词——用K口粮换一盘炒蛋和一大杯牛奶。因为我是唯一真的会讲法语的人，交谈工作都由我来承担。有一次，我和农场主闲聊起来，其他三人等得不耐烦了，大步走回吉普车那边。

"我从没想过美国人能把法语说得这么好，"他夸奖我，"为了表达我对你们远道而来解放法国的感激之情，我想给你点东西。"他靠近了点，把一小瓶自制白兰地放进我的军裤口袋。

我的战友们已经走到吉普车那里了。司机按了两次喇叭，而其中一个无线电发报员跳上了他身边的副驾驶，因此，在他们打手势示意马上要丢下我开走时，我不得不朝吉普车后座走去。

我一跳上去，我们就出发了。我们沿没铺路面的路开了大约400码，突然，吉普车的右前轮滚过一个看似无害的隆起处。但它并不是无害的。它引爆了一枚地雷，肯定是德国泰勒（圆盘）地雷。爆炸轰掉了司机的右腿，把他旁边那个坐在我的位置上的无线电发报员炸得灰飞烟灭。另一个发报员和我被抛出吉普车，甩到几英尺高的空中。在大约两秒钟里，我颠倒着旋转，我不能说看到了自己的一生在眼前闪过，但我确实以为我被杀死了，正在猛地冲向天知道什么玄奥命运，尽管我完全不信来世。我头着地，虽然没撞晕，血却从头盖骨的伤口汩汩涌出，还感到体侧剧痛。管无线电的家伙没受伤，爬到旁边地上的无线电跟前。它在静电干扰中轰隆作响。"一切都好吗？"

"不好，"他大喊，"我们中了地雷。一个死了，两个需要急救。"

他把我们的位置坐标告诉他们，十分钟后，一辆美军战地救护车到了。车后座跳出一名卫生员和两名担架员，把我抬进救护车实施紧急护理。爆炸一定弄断了我的几根肋骨，因为我每次呼吸都痛得难以忍受。他们给我打了吗啡，包起我的躯体，给我的头缠了绷带，头上虽然流血严重，似乎只是擦伤。我们一到战地医院，护士、医生和护理员就急忙跑到我身边，向我保证——大概是为了让我觉得好受点——说我能在几星期内完全恢复健康。

在战地医院，我再次观察到职业部队和游击队行动之间的差异。这里有许多不同专业的医生，不像在马基团给我治过子弹伤口的内科医生，一个人处理所有问题。战地医院设在战斗区域附近，设备充足，能在现场照顾伤员，直到他们能转移至更永久的设施。这些医院配备了有能力的专业人员，组织得很有效率。

我在战地医院待了一星期，在解放了的第戎的法国医院待了两星期。11月8日，医生宣布我可以回第636营了。到此时，营队已到达孚日山脉，撤退的德军在那里建立了一个稳定的防御驻地。

罗杰斯中尉见到我向他报到，看起来真心高兴。"你挑的这个归队时间再好不过了，"他咧嘴笑着说，"因为雨、雪和泥，我们不能出去执行侦察任务了。这允许我们休整，直到我们再次开始任务——在德国。"

在我恢复期间，罗杰斯中尉和我成了好朋友。他说我的"勇气"令他印象深刻，跟我讲了他在意大利和其他地方参与的所有战役。他从美国参战起就活跃承担战斗责任，几乎没歇过，身上装饰着四个紫心勋章。他跟我讲了很多关于美国生活的事情，激发了我的好奇心，想体验这个国家的种种，它对战争的支持和参与极大促成了如今的胜券在握。反过来，我也对他讲了我的生活，尤其是至今我已多年没联系上家人。

在我从地雷事件恢复工作大概一周后，这名久经沙场的军官——如今我叫他皮特——他告诉我他改变了对我的计划。与其让我坐在乡下挨冻，他批准我休假，条件是我开车跟他去巴黎，他从没去过那里。我会当他的导游。我们将在这座解放了的城市享受两个星期，然后回归营队。

返回巴黎（1944年12月—1945年2月15日）

皮特·罗杰斯和我在1944年圣诞节两星期前到达巴黎——距第戎只有三小时车程。巴黎是个极为欢乐的城市，因为它既庆祝节日，也庆祝在四个月后仍能感受到的解放余晖。巴黎从漫长的德军占领下幸存，大体无恙。巴黎军政府的主管将军迪特里希·冯·肖尔蒂茨违背了元首的直接命令，没有摧毁城市。冯·肖尔蒂茨后来说，他放过巴黎是因为他知道摧毁它没有战略意义，因为他喜爱法国文化，也因为他确信此时希特勒已全然失去理智。冯·肖尔蒂茨把巴黎交给自由法国军队，被俘入狱，没有死于自己的投诚行为。

巴黎曾对占领泰然处之，如今正在恢复老样子，好像过去四年半的事件不过是一个插曲。对我来说，回到那里就像是回家。那是我度过性格形成期的许多岁月的城市，一个我对它的小巷、大林荫道和街区烂熟于心的城市。我享受过数不清的时刻，在几乎每个地方游荡、逗留、散步。现代巴黎被规划为——幸好也保留为——一座用来散步的城市，而不是一座让机动车在通衢大道呼啸而过的城市，这与其他众多现代大都会不同。巴黎人敏锐地觉察到，从一辆轿车或巴士的内部，人们无法欣赏非凡的建筑外立面、令人愉悦的喷泉，或者如此鲜活的人类世界的独特芬芳和地方活力，因为车辆使用街道的唯一方法是碾压它们，前往别处。

在巴黎给罗杰斯中尉当导游期间，我再次在拉丁区的索默拉尔街找到了住处，一有机会就重拾我的游荡者生活。巴黎比我记忆中的还要生机勃勃。圣诞假期和解放的汇合制造了一种喜气洋洋的情绪和一种普遍的博爱之感。人人皆自由。人人皆平等。人人皆兄弟。

每天晚上，国际红十字会、劳军联和其他组织在舞厅和别的地点为在巴黎休假的美国大兵举办公共活动，邀请了成群的年轻法国女人来跟士兵跳"吉特巴"。我没有拿得出手的便装，所以参加这些晚会时穿着我的美军战斗训练服。法语说得很好，穿着一身"有装饰的"制服，（我必须说）舞跳得也好，再加上一种年轻但老练机智的风度，我在舞厅是个很受欢迎的舞伴。

虽然战争还在持续，但巴黎处于一种几乎不间断的庆祝状态，因为到此时，德国明显将被击败。俄国人把入侵的德国人赶出了俄国，正在迫使他们继续西退，经波兰回德国。德军正试图拖住他们，同时在西线把盟军挡在德国以外。早在 1944 年 7 月，德国最高统帅部就在是否要与盟军达成和解，也许还能怂恿他们帮忙抵抗俄国人的问题上出现分歧。实际上，苏联即将把它的控制范围扩大到近东，建立缓冲带，防止未来德国的侵袭，顺便扩大革命。

希特勒激烈反对这样的和解。最高统帅部的分裂不仅仅是意见分歧。德意志民族的命运危在旦夕。为了防止第三帝国的彻底毁灭，有人尝试刺杀希特勒，这是众多尝试中的最后一次。1944 年 7 月 20 日，放在最高统帅部会议室正对希特勒的桌子下的一枚炸弹爆炸了；好几名参会人士死亡，但不包括希特勒。他把他的死里逃生解读为上天的信号，说明两线作战应该继续下去。希特勒相信，对盟军在比利时防御不善的驻地进行秘密袭击，将分裂盟军先遣部队，打击其士气，从而创造条件，签署一份对第三帝国更有利的和平协议，而不是没被打败就主动求和。

德国人抵抗盟军的最后一次军事活动，阿登反击战（Ardennes Counteroffensive），即突出部之役（美国媒体根据遭受袭击的盟军战线上明显的"凸痕"给它起了这个绰号），从 1944 年 12 月中旬持续到 1945 年 1 月中旬。从美军伤亡的角度说，这是战争中代价最高昂的一场战役，尽管这次行动彻底失败了，希特勒依然负隅顽抗到 5 月。当 1944 年 12 月皮特·罗杰斯和我在巴黎游玩时，突出部之役正打得如火如荼。

回到巴黎的第一个星期，我去了一趟索邦大学，德国人刚被逐出巴黎，索邦就重开了。我听说学校正在提供特别项目给那些因参与抵抗运动而中断学业的退伍军人和学生。我实际上已经完成了很多课程，仍让自己尽可能多地学习法国文学。我渴望继续完成学业。尽管我的官方身份依然是军人，但也能注册课程，于是我注册了。

趁我在校园里，我拜访了阿尔贝·巴耶（Albert Bayet）的办公室，五年前我还是学生时，这位教授的敏锐分析令我印象非常深刻。他在那里，我很高兴也吃惊于他还记得并立刻认出我。我简短地总结了我在地下组织的经历，告诉他我想追求学术事业，在索邦正式注册了继续学业的项目。他称赞了我的志向，但他可能注意到我有点犹豫。从我们的对话中，他也能看出来，我关注战后欧洲的政治和社会局势。他表达了这个观点：坦白说，此时我的经验和能力可以派上更好的用场，而不是立刻重拾学业。

他说，有个组织两年前在美国成立，早于盟军登陆法国，其目的是安顿众多生活被战争扰乱的人群。每当盟军从纳粹手下解放领土，他们都非常强烈地意识到这些人的存在。他说组织的名字叫联合国善后救济总署（United Nations Relief and Rehabilitation Administration，简称联总）。（这个组织即将成为 1945 年成立的联合国的一部分。它名字里的"联合国"指的是很多国家参与了它的行动。）1944 年 5

月，盟军远征部队最高司令部估计，仅在西欧就有接近1 200万难民，这还没算上流离失所的德国人。（到战争结束时，在欧洲、北非和中东有超过6 000万人流离失所。）

"联总，"巴耶教授说，"迫切需要找人跟难民打交道。在我看来，你正是他们极其需要的那种人。你会说法语、德语、波兰语、英语和俄语。此外，你还熟悉东欧的犹太人。你也会说意第绪语，不是吗？"

"是的。"我说。

"数百万人在德国流浪——从集中营幸存的人，还有参加过德军或者来德国跟俄国人作战的人，以及被德国人俘虏的俄国人。你打过仗，和这些如今流离失所的人打过交道。你精力旺盛、聪明、成熟并且习惯应对困境。"

在战争的最后几个月——纳粹显然会被击败时——我想了很多诸如此类的事：战斗结束后世界会变成什么样，以及在这样的世界生活需要什么技能。事后回顾，驱使我在瓦朗斯突袭时取走那些教科书的好奇心，也就是对俄语和英语的好奇心，是极有益的。谁知道世界会转向什么方向：苏式共产主义还是美式资本主义？人人都清楚，美国和苏联的联盟不会持续到和平时期，两大意识形态的冲突不可避免。流利掌握这两个国家的主要语言可能会被证明是务实的，这确实是一个生存技能。我对于在这两大意识形态之间选边站并不特别感兴趣。我的政治信仰在这个人生阶段已经成型，我知道我绝不会对两个制度中的任一个完全满意。

此外，我还不清楚战后我会身处何方。如果我的父母还活着，我也能找到他们，我会和他们团聚吗？我会待在法国吗？还是回到但泽？我会定居在巴勒斯坦、苏联还是美国？我要如何谋生？学术事业是一个选项，但不能保证。

确实，我想最终在文学领域树立学术事业，但我不确定我是否准备好完全投身学术生活。巴耶教授跟我说的话令我好奇。我问他我要怎么联系联总。

"他们在巴黎有一个办公室,我知道他们此时此刻正在积极招募人员来实施他们的行动。"

我当然得请求罗杰斯中尉的准许。当我告诉他我想加入联总时,他假装不同意,编了一个完全荒谬的理由,说第636营需要我,但是当他看到我没看出他在开玩笑时,他微笑说这是个很棒的主意。让我从美军退伍毫无问题。

第二天我去了联总的欧洲总部报到。我被领进一间办公室,进行了详细的面试。官员显然正在从申请者中挑选那些他认为适合重要职位的人,因为我之后被带去见了联总欧洲分部的领导。和我仅仅谈了几分钟,他就显然急于想让我为联总工作,因为他当场提议我担任"物资干事"的职位,这令我十分意外。没有再费周折,我立刻拥有了一份工作和一个养活自己的生计。我将会为联总工作,在时间允许的情况下继续学业。这对我来说似乎是一个完美的解决方案。

格朗维尔（1945年2月15日—3月8日）

在巴黎待了几星期后，1945年2月15日，我乘火车西行至格朗维尔（Granville），为我在联总的工作接受培训。格朗维尔是英吉利海峡附近的一个度假小镇，这里从盟军入侵起就成了接收法军和盟军物资的港口。安排给我的住处是城外一个叫浴场酒店的地方，正在翻新，与之毗邻的一个更大的酒店，已经住满了联总受训者，也是培训地点。我在浴场酒店二楼有自己的房间。我不用睡在帐篷里、临时拼凑的棚屋里或在星空下裹着毯子。这里有自来水，更重要的是有一张书桌，我把它放在一扇俯瞰海峡的窗前，我经常在那里坐到深夜，阅读法国小说。

白天，联总给新雇员提供讲座和课程，培训"物资干事"——也就是我们——需要掌握的各种技能。我们实际上会面对各种各样的任务和责任。其中一个是协调数十个分发物资给有需要的流离失所者的组织机构。培训的大部分内容涉及场景指南，我怀疑它借鉴了外事官员的培训手册。我对它们已经非常熟悉。

浴场酒店的一楼住着好几个美国军官，但我从没跟他们讲过话。在大多数时间里，我的生活由白天上课和夜晚坐在书桌前阅读组成。我那层楼的大多数房间正在翻修，所以白天总是有许多建筑噪音，但夜晚是安静的。

3月8日的晚上，正坐在窗前阅读时，我看到水面上有非常奇怪的东西，大概在窗户的三十码之下。三艘小船——比橡胶艇大不了多少——每艘载了五个人，一路划到海边，把船拖到沙滩上，然后从视野里消失。几秒后，我听到梯子撞击酒店石墙的金属声。

他们在做什么？我疑惑。这是盟军的某种军事行动，某种演习吗？我的困惑没持续多久，因为那些人再次从墙后面跳了出来。他们在酒店前的街道上集合，冲向酒店主入口。

现在我懂了。我能清楚地看见他们的德军制服，听到他们用德语喊叫。这是一次德军突袭，就在格朗维尔！

我从桌前站起来。有一秒，我的思维停了下来，我变得非常警觉。在必要时，思维可以运转得非常快，至少我是如此！没有太多别的选择。喧闹的命令和其他噪音从窗户下和一楼传来。突然，自动步枪的噼啪爆炸声让人意识到情况有多真实和危险。

怎么办？我有三个选择，它们是在那种情况下谁都会有的选项。我可以跑，我可以战斗，我可以躲起来。前两个选项很容易排除。没地方可跑，从酒店窗户跳下去也不太可能对我有什么好处。我可能会摔断腿、中枪，或者既摔断腿又中枪。战斗也不是个选择。我没有枪。我得找个地方躲起来。

楼下，他们正在踢门，大概在抓捕美国军官。左轮手枪射出几枚子弹，接着是用冲锋枪开火。不久他们就会上楼，我想。

我自己的房间不是一个合适的藏身之处。门不能闩，房间内部也没地方藏人。我的思维保持活跃，我拧下灯泡，把床弄得像没人睡过，这样他们就不会认为房间的使用者正藏在这层楼某处。我应该跑到屋顶吗？我会成为一个容易击中的靶子。刚到酒店时，我的好奇心驱使我探索了上方无人居住的楼层。我知道那里有几个房间被当作仓库。如果我能在那些房间里找到一个没上锁的，那就能藏在里面。我迅速跑上楼梯,没发出任何声音。我试的第一扇门被轻松打开了。杂乱堆放的家具填满了房间。我看见两张床垫靠在较远的那面墙,底部和墙之间的空隙恰好够让我爬进去——你可以说那是一个爬行空间。我一路穿过堆起来的沙发、衣橱、餐桌和写字椅,来到爬行空间,双膝着地,尽可能深地挤进床垫后,然后等待。多荒谬啊!经历了这么多事情,我竟然可能在一张床垫下躲避时死去!

德国人一路走到三楼。他们从远端开始,有条不紊地踢开一扇又一扇门,离我越来越近。两扇门踢开了——又一扇门——我的门!我屏住呼吸。一个手电筒扫过房间,他们同时检查凌乱的家具。他们看起来不太可能把乱糟糟的家具摆放整齐,接着来到床垫前。"这里没人。"一个人对另一个说,然后他们继续检查。

我继续藏了大约半小时,尽管我不相信他们在三楼待了超过十五分钟。

发生了什么?原来作为一个大型突袭的一部分,德国人来酒店绑架军官,其发动地点除了海港,还有格朗维尔镇内和不远处的一个战俘营。这次突袭可能是战争中德国人最后几次成功的军事行动之一。但是到八星期后我才理解当天晚上发生的完整事件。简而言之,事情如下。

两个半月前,1944 年 12 月,四名德国伞兵和一名海军候补军官逃离了位于格朗维尔城外山上由美国人管理的战俘营。他们溜进海港,偷走一艘美国登陆艇,(用一个指南针和一张手绘地图)找到了回海峡群岛的路,那里从入侵法国起就由德国人踞守。在岛上,逃跑的战俘被依然驻守于此的 25 000 名纳粹国防军赞颂为英雄。

这些人自诺曼底登陆起就无法从大陆获得食物和燃料,他们饥饿、寒冷且士气低落。德国驻军司令使用逃跑者提供的情报计划了一次突袭,目的是从格朗维尔获得煤和食物。2 月,坏天气迫使德国人返回。但是在3月的第一个星期，一个在浴场酒店工作（同时身为通敌者）的法国女人设法把消息送去群岛的卫戍部队，说人数尤其多的一大批盟军军官待在她的酒店，等待装满煤和其他物资的几艘船到来。德国司令官决定发起第二次袭击。

在3月8日，随着午夜临近，一支由三艘快艇、六艘扫雷舰、三艘载有88毫米口径大炮的驳船和一艘远航拖轮组成的舰队从海峡群岛出发，穿过圣马洛湾，前往格朗维尔。这些船载着600人，包含负责破坏港口设施、炸沉船舶、炸毁雷达站、偷窃煤和食物物资，并释放战俘营中余下的德国战俘的行动小组。

他们用快艇派遣了15名步兵前往浴场酒店，目标是防止美国司令官及时到达海港指挥格朗维尔的防御。我见到的充气艇就是从快艇上拿下来的。

登陆后，德国人在海港埋了地雷，严重损坏了三艘英国货轮和一艘挪威商船。他们俘获了一艘载有112吨煤的船，解救了67名战俘，俘虏了39名美国人。

在这次袭击中，盟军无人死亡，但有30人受伤；德方5人受伤，1人失踪。幸运的是，住在另一家酒店的联总受训者无人受伤，因为德国人没攻击它。他们只对浴场酒店和驻守此处的美国军官感兴趣。在一星期内，我们就重新开始培训了。

我的家乡但泽是这场战争第一次战役的所在地。现在我所目睹的很可能是德国的最后一次成功行动。

联总（1945年4月—10月）

3月22日，美军在美因茨和曼海姆之间跨过了莱茵河。在接下来的六星期里，第三帝国将被彻底击败，但毁灭性的轰炸将持续到战争结束，给流离失所的德国人名单上增加数百万人。直到战后，帮助数百万人把他们支离破碎的生活恢复原状的艰巨任务才开始。

4月初，美国陆军第4装甲师占领德国的达姆施塔特两周后，我被派去该地的联总办公室。战争持续到1945年5月7日，德国代表团在兰斯签署投降书为止。5月8日，第三帝国不再作为外交实体存在；不再有任何中央政府或当局能承担重建德国城镇和维持秩序的责任。

德国现在服从于各个盟军政府军队的管理：英国、法国、美国、苏联。每个国家负责一个区域：英国负责北部，法国负责南部和西部，美国负责中部（达姆施塔特的所在地），苏联负责东部。盟军各国的政府取得了高于每个德国州、市和其他地方当局的控制权。由于没有德国当局，掌管这些权力的实际责任落到了派往各个地区的军政府身上。

由于纳粹彻底渗透了政府、经济和社会的每个功能，在德国恢复民主统治是个艰巨的挑战。十二年来，纳粹应用了"一体化"（Gleichschaltung）原则，生活的所有方面——家庭的、社区的、职业的、宗教的和政府的——都落入一个中心化的、金字塔形的控制和高压系统。纳粹政权寻求对"元首原则"（Führerprinzip）的顺从，也就是对希特勒的绝对忠诚。儿童被教育要先尊敬希特勒，再尊敬父母。第三帝国吸收神职、教育、职业团体，把它们变成纳粹党的附属机构。

尽管一开始入党并非强制要求，但它对于任何职业的晋升都变得越发不可或缺。实业家能逃避入党，但只有通过提供财政或物质支持才能做到。人人都被各种职能吸收入党的等级体系，而这个体系就像尤内斯库的《犀牛》（Rhinoceros）里那样，扩张扩张再扩张，在自身之外没留下多少空间。一个人要么在党内，要么因为被怀疑是人民公敌而处于致命危险中，至少有潜在危险。

结果是，人们出于各种各样的原因加入纳粹党：有的是愤世嫉俗、自私自利者，有的是拥有技术或官僚专长的专业人士，当然还有一些是理想主义者，或者坦白说是狂热者，纳粹的真正信徒。

出于这些原因，重建德国将不会局限于更换制度结构并为其配备人员；这将涉及自下而上的观念转变，转变关于公共行政的思考方式。这涉及全面奉行民主原则。

这一切对我来说都非常激动人心。我觉得我处于重建的原点，正在重建的不只是德国的公共行政——我将帮助积极改变战后德国的思维方式。

达姆施塔特一被解放（在4月初），我和将成为达姆施塔特的联总团队成员的其他3人就从格朗维尔开车过去，这段旅程穿越了法国，总计约460英里。经过德国乡村，经过刚被解放的城镇的驾车旅行令我震惊。到处都是轰炸德国的痕迹。在过去三年里，盟军空军系统性轰炸了第三帝国境内的工厂和城市，把德国许多城市夷为废墟。

到处都是流离失所的人。在某个时刻，我们停在路边，向一群年轻德国士兵询问方向，他们穿着制服但没有武装，显然正在拖着步子走回家。小镇和城市都是一片废墟。人们住在没有屋顶也没有窗户的公寓和寒冷的地下室里。我印象最深刻的是科隆和法兰克福的严重毁坏。只剩女人和老人能干活，让他们的城镇再次变得适宜居住。大多数年轻男人要么死于战争，要么正在欧洲游荡，试图回家。女人和老人正在捡拾砖块，这些砖块来自被轰炸的建筑物，撒得到处都是，包括通衢大道。他们还把砖块整齐地码在路边，好让车辆能再度通行。无论我们走到何处，窗户都挂着白旗——同样的窗户不久前还自豪地竖着卐字旗。

达姆施塔特也不例外地成为德国的废墟城市之一。前一年9月，英国皇家空军在这里投下了成千上万枚燃烧弹和爆炸弹，点燃了一场德累斯顿式的火焰风暴，杀死了11 000人，令超过6万人无家可归。当然从我作为受训者的视角看，此时身处达姆施塔特再好不过了。纳粹刚被打败，但社会生活还得继续。

问题似乎无穷无尽：市长由谁来当？警察局局长呢？谁会给数量巨大的无家可归者和流离失所者提供庇护和食物？

在第三帝国的最后几星期里，纳粹德国境内的很多平民、政府官员和军事人员自杀，最常见的是吞食氰化物胶囊。1945年4月的一个晚上，希特勒青年团在最后一次纳粹时代的柏林爱乐乐团演奏会期间给成员分发了氰化物药片。

在依然能够担任行政职务的人当中，很多是没有自杀的纳粹。建立一个民主的德国所需的权力肯定不能转交给他们。

我所属的联总第9工作组由1名副主任、1名卫生干事、2名物资干事、3名司机和1名仓库干事组成。我是物资干事之一。我们负责照顾17 000名流离失所者（简称流散者），其中有波兰人、拉脱维亚人、立陶宛人、爱沙尼亚人、南斯拉夫人、犹太人、俄国人和乌克兰人。大部分流散者曾进过劳动营、战俘营和集中营。他们深受创伤，营养不良，健康状况很差。他们（最）渴望与家人团聚。他们面临一个不确定的未来。我期待自己被派到一个犹太人的流散营，但不存在专门为犹太人开设的流散营。

对很多流散者来说，战争结束并不是受苦的终点。联总根据国籍把流散者分进营地——波兰人和波兰人，苏联人和苏联人，德国人和德国人，等等。但是这个系统一点也不理想。犹太人往往发现自己身处德国流散营，跟纳粹在一起，或者身处波兰流散营，被暴力的反犹者包围。在同一家营地的苏联人里，有的想被遣返，而有人最害怕的事就是被送回苏联，因为回去后他们会被送往古拉格的劳改营。我被派到达姆施塔特，因为这里的苏联流散营有11 000名苏联人，而我会讲俄语。我们团队的任务之一是为苏联流散营提供物资。

总体设想是把俄罗斯人遣返俄罗斯，把乌克兰人遣返乌克兰，以此类推；但有很多人不想回到自己原来的国家。反对苏维埃政权并且为纳粹战斗过的苏联人如果被送回苏联，很可能面临处决。至于从集中营幸存的波兰犹太人——他们将去哪里？有围墙的犹太社区不复存在，他们生活过的小镇已被摧毁，他们的财产早已被没收。在数十万犹太人当中，一些是苏联人，一些是波兰人，一些是德国人。随着红十字会的物资变得稀少，军政当局越来越不情愿帮助拒绝遣返的流散者。联总深陷这些难题当中。

在苏联营，很可能因为我的名字，有犹太人找到我的办公室寻求帮助。他们无家可归，营地生活的很多方面也无法忍受。联总试图找到他们幸存亲属的位置，但常常失败。除了有一份工作，我和他们在很多方面的处境并无不同。我的家人在哪里？我的祖国是哪个国家？罗马尼亚？巴勒斯坦？我都无法帮助自己，又能为他们做什么呢？经常是什么都做不了。但在流散营的工作确实意义重大，我也尽力而为。

作为两名物资干事之一，我负责一个装满鞋子、衣物、毯子、厕纸、医疗物资和食物的大仓库。上午，我会和不同流散营的负责人开会，了解谁需要什么，弄清楚要用什么方式、在什么时间把物资运送给他们。我会安排当地面包房烤新鲜面包送去营地。

除了上述职责，我还充当联总与达姆施塔特军政府美国办公室的联络官。正是在这个职责上，我深度参与了德国的重建。

1945年8月，美国人颁布了一项指示，它建立了将应用于所有县级政治活动的民主原则。战前德国的很多政党正在重组。在左翼，共产党人和社会民主党人正在复苏他们的地方单位。在中间派和右翼，基督教民主联盟和自由党正在重建他们的组织。人们希望，在更大的政治单位进行选举前，地方选举能给德国人一个学习民主原则的机会。

美国人训练了总共3 000名美军人员，让他们管理整个美国占领区的军政府。这些人分成不同队伍，被派去各个地点。他们经常在自己的司法管辖领域被人事和行政的混乱搞得晕头转向。在达姆施塔特，我在联总的工作之外也起了不少作用，因为我既会说德语又会说英语，方便直接联络那些美国人试图组织起来的人。

给美国人做的这项任务是我在这几个月里做得最有趣的工作。我帮他们和德国人沟通，把他们的命令翻译成德语，好让地方官员理解命令。但我的工作不仅仅是翻译。在选举能组织起来前，得先填补行政职位，挑选公民填补职位的，正是美国军政府办公室里的官员。战争结束时，县里有很多人失业并且能够胜任这些职位，但问题是，他们中的很多人曾是地方纳粹官员；其他的则是纳粹的同情者，有着不同程度的忠诚。需要从这些人里面清除真正的纳粹党羽，留下那些仅仅是占据官僚职位但并不持有纳粹观点的人。这个过程被称为"去纳粹化"。

因为被派来的美国人不知道如何区分纳粹和非纳粹，他们不得不依赖当地人的传言。比如说，在某个时刻，军政府美国办公室的领导不得不为达姆施塔特任命市长。他咨询了一位当地牧师，牧师推荐了某人，而此人在成为市长后被发现是纳粹。一旦当上市长，他就任命了前纳粹当警察局局长，这样逐级任命。绝对不能允许真正的纳粹以这种方式重新掌权。在这个例子里，当正在发生的事变得显而易见时，军政府办公室领导立刻将市长免职。但发生类似事情的危险总是存在的。他经常咨询我，以弄清楚某人是否适合担任官职。

与此同时，行政职位确有空缺。市长和县行政人员有时要从牧师、学校教师和社民党——德国社会民主党，这个党派在战前很重要，现在快速重组了——的前成员拟定的名单里挑选。像我说过的，候选人也通过传言来寻找。我自己也参与挑选过不止一个人。

作为联总的物资干事，我必须保证达姆施塔特的一家大型烘焙工厂能给营地供应面包。一次去跟他们谈判时，我遇见了一位年轻的德国秘书，我们成了朋友，原因很多，其一是我不持有在获胜盟军一方的很多人当中流行的观点，即德国人应该整体为他们在战争中的罪责受罚。并非每个德国人都是纳粹，并非每个人都是投机者或通敌者，并非每个人都对正在发生的事视若无睹。如果真的每个德国人都是纳粹，那么纳粹政权在德国人民身上展开的严酷压迫策略就会变得毫无必要。但这些策略事实上是有必要的。把每个德国人都视为纳粹并惩罚全体德国人，这和任何形式的总体谴责一样缺

THE ART OF RISISTANCE

乏正当理由。

我遇见的秘书在纳粹掌权时才八岁,她告诉我,她父亲身为社会民主党人,没有加入纳粹党,但他们没找他的麻烦。她说她曾想加入BDM（Bund Deutsche Madche,德国少女联盟）——为年轻女孩设置的纳粹组织,和希特勒青年团类似,但她父亲不让她加入。因为他曾是社民党成员,我把他加入了候选官员的名单。

无论如何,道听途说和推荐显然远非万无一失的招募办法。因此,每个申请行政职位的人——不管他们是如何被挑选出来的——都必须填写一份调查问卷——一份非常详尽的问卷,披露他们生活中的一切。如果某人曾是纳粹党的成员,那并不自动剥夺他们担任公职的资格。五个类别被建立起来:"重大罪犯""罪犯""次要罪犯""追随者"和"免罪人士"。太严格地追求去纳粹化会使得在德国创造一个正常运转的、有经济效率的民主社会成为不可能。对次要罪犯实施最严格的处罚会使得许多有才能的人无法参与重建过程。尽管如此,真正的纳粹依然要被排除在外。

这就是我发挥作用之处。我不仅翻译问卷,还对其作出解释。事实上,我的去纳粹化工作最终被证明跟纽伦堡审判相关,因为我不仅在为将来的公职排除纳粹分子,还开始了辨别纳粹罪行最恶劣的行凶者的过程。

到1945年秋天,我意识到去纳粹化政策让位给了维持法律和秩序的迫切需要。能通过反纳粹资格验证的人压根不够多。但美国人也开始意识到,除了填补行政职位,对于前纳粹分子,他们还有别的用场。比如说,美国人在战后时期非常想雇用几位纳粹科学家。我很久之后了解到美国中情局希望部署——也确实部署了——纳粹情报人员来根除美国的共产党人。我不太能接受我了解到的这一切;此外,是时候让我处理自己生活中的事务了。我想回索邦继续文学学业,我想找到父母,到此刻为止,我没收到过他们的任何消息。我在接近10月底时从联总辞职。

1945年4月13日,盟军解放了贝尔森和布痕瓦尔德集中营,4月25日解放了达豪集中营。我从美国解放者听来的第一手消息让我几乎不抱能再见到我的父母、妹妹、祖父或马丁伯伯的希望。随着更多关于集中营的消息浮出水面,我强烈意识到,如果我没从韦尼雪逃走,我的命运将会是什么。

5月7日,希特勒自杀一星期后,盟军接受了德国的投降。对抗纳粹的战争结束了。我目睹了德国的毁坏,从被解放的集中营传来的新闻让我惊骇;尽管如此,流散者的坚韧依然鼓舞了我。令我惊叹的是,他们如此迅速地在联总营地里建起了教堂、犹太教堂和学校;他们中的很多人如此热烈地再次拥抱生活。我永远记得5月7日苏联流散营庆祝德国人战败的派对。他们奏乐,他们跳舞,他们向胜利、向苏美友谊、向苏联军队敬酒——每次敬酒需要一口灌下半杯伏特加。为了喝这么多杯伏特加而不伤胃,每喝一杯,你都得吃一块鲱鱼、腌黄瓜或水煮土豆。你不能拒绝参加。我这辈子从没喝过这么多伏特加。

我在联总的工作想必卓有成效,因为我收到好几封来自不同上级官员的表扬信。

6月初,科姆帕尼耶茨上校,我在苏联营的主要联系人,完成了11 000名苏联流散者的遣返计划。他感谢我在恢复他们体力和健康方面发挥的作用。

"对于被纳粹营的强迫劳动折磨得筋疲力尽又饥肠辘辘且衣不蔽体的人们来说,正常而无中断地组织物资供应,尤其是食物,意义重大,具有决定性,"他在一封给我的感谢信里写道,"遣返站的指挥人员非常感激你对此事充满同情心的个人关注。"

为了感谢我的表现，军政府美国办公室主管达姆施塔特的利昂·P. 欧文少校写道，他认为物资干事的职责是"流散者工作中最困难的"。他注意到了我"作为组织者和管理者非同寻常的能力"，以及我多么"可靠、可信赖且乐于接受额外责任"。作为一名流离失所者，我做这个工作充满动力，受到认可也倍感荣幸。

前往美国（1945年10月—1946年7月13日）

我于 1945 年 10 月 23 日从联总辞职，以便能够回到巴黎，参加我在索邦注册的课程的考试。这或多或少一直是我的计划。大学不在乎曾是法国地下组织成员的学生去不去上课，只要我们读了要求的书目并通过考试。我通过并获得了我的通用文学士学位，相当于硕士学位。

毕业后不久，在思考我接下来该怎么办时，我收到了托马斯·普瓦特拉斯（Thomas Poitras）的一封信，他是战前我在索邦上课时认识的美国人。我们重新开始了被战争中断的通信，他现在写信说他被任命为俄亥俄州的戴顿大学语言文学系主任。因为《退伍军人权利法》（GI Bill），大批退伍老兵正在上大学。需要有能力的教师，尤其是外语专业。普瓦特拉斯教授记得我法语和德语的流利表达能力，知道我熟悉俄语和英语，因此他邀请我加入他的院系。

依然没有我家人的消息，我做了最坏的打算。

1946 年 3 月，我去了巴黎的美国领事馆申请签证。领事说："过五年再来。"

"不好意思！你是认真的吗？"

"我当然是认真的。你和其他 100 万欧洲人都想去美国。等队伍短点了再来！"

我写信给已经回到美国的皮特·罗杰斯，对他讲了我的近况：我收到了戴顿大学的邀请，但难以获得签证。他建议我回到领事馆，给他们看美国陆军部颁发的证明我曾是第636坦克歼击营成员的证书。我照做了，几乎立刻就获得了我想要的签证。

我买到了一张"自由轮"的便宜船票。这是美国建造的大型船舶，用于运输商品到欧洲，给联总和其他援助机构分发，之后它们会空船回美国，但有时会接受付费乘客，让他们搭乘船舶的6人铺位。在诺曼底的法国港口勒阿弗尔卸下一批货物后，1946年7月13日，这艘船载上乘客，我们启程了。

在我离开法国前不久，美国红十字会通知我，我父母和妹妹在战争中幸存，现居住于英属巴勒斯坦托管地的海法。当我听到这个喜讯时，就想立马见到他们。我立刻写信给我的父亲。我的家人当然想见我，但他担心，我在成为美国公民前在美国外旅行会让我有可能再次成为"没有国家的人"。他敦促我继续前往美国，尽快申请公民身份。我一拿到护照就可以探望他们。我同意他的建议，但这意味着，再过六年，我才能跟家人团聚。

旅途花了两星期。我有自己的船舱，可以随心所欲地起床和睡觉。上午，我会去甲板观察飞鱼，在我们行经的大西洋海域，这种鱼很多。然后我会上楼拜访船长，他是一名中年海军军官，很会讲航海故事。

我会永远记得我见到陆地的第一眼。那是1946年7月27日黎明前片刻，当我们从南边靠近时，突然，我见到一串灯光绵延在曼哈顿岛的西侧，就像一条珍珠项链。我们离海岸依然有几英里远，但是随着"自由轮"靠近纽约，我能看到那些珍珠实际上是从车顶反射的阳光，太阳照耀数百辆甚至数千辆机动车，它们首尾相接，缓慢而坚定地沿曼哈顿西侧高速公路行驶。在路上和去上班的美国人，准备充分展开新的一天。

跋：他们的故事

我的父母和我的妹妹莉莉

上一次我得到家人的消息是 1939 年我父亲的来信，他告诉我，他们在罗马尼亚，正在前往巴勒斯坦，希望能成功。在那之后，给他们写信成了不可能的事，就算通过我母亲在费城的亲戚也是如此，虽然像我提过的那样，我试过，这种情况持续到战争结束。从罗马尼亚，我的父亲、母亲和妹妹乘坐犹太事务局（Jewish Agency，以色列国成立前在巴勒斯坦的犹太人的事实政府）包租的一艘船航行，取道土耳其——许多船上人员是土耳其人——并试图突破英国的封锁，到达巴勒斯坦，但没能成功。

战争期间，试图逃离纳粹的犹太人无法移民巴勒斯坦，因为英国政府在 1939 年的《麦克唐纳白皮书》（MacDonald White Paper）中颁布了封锁令，阻止所有帮助他们移民此地的船只。

在第一次世界大战结束和奥斯曼帝国解体后，近东实质上成了一个欧洲总督辖区。《白皮书》由内维尔·张伯伦领导的英国政府发布，作为对 1936—1938 年巴勒斯坦阿拉伯人起义的回应。它把接下来五年的犹太移民人数限制在 75 000 人。在二战开始时，反对英国统治的起义以及起义倾向在很多阿拉伯国家持续涌现。当隆美尔准备夺取苏伊士运河时，有阿拉伯人欢迎德国人，好像他们是一支解放军队。

英国人想保持他们对阿拉伯国家的控制，通过防止来自欧洲的进一步人口涌入——也就是犹太人——来安抚阿拉伯领导者。

这次试图把我父母等人送到巴勒斯坦的航行是犹太事务局及其非官方军队组织的一百多次"非法"航行之一，以突破英国在地中海的封锁。当船离海岸 1 英里时，一艘英国驱逐舰拦截了它。我的父母、我妹妹和其他所有犹太乘客都被赶上另一艘船，穿过苏伊士运河，被送去毛里求斯岛。那是距离非洲东南海岸 1 200 英里的一个英国殖民地，犹太人被控制在岛上的一个拘留营里，直到战争结束后的某个时刻，当有组织的犹太人施加压力迫使英国政府结束封锁时，他们才被放出来。

营地的生活条件当然很艰苦，但英国人并没有虐待囚犯或强迫他们劳动。食品和庇护充足，来自犹太组织的慈善捐赠令拘禁生活变得多少可忍受了些。难友建起学校，制作手工艺品，试图继续生活。我的父母想让我妹妹（1940 年他们到达那里时，她十三岁）学法语，但临时搭建的学校不开设这门课。他们找到一名曾经的捷克某大学法国文学学生教她。随着时间的推移，莉莉和她的家教相爱了——这段关系延续到了他们的拘禁结束之后。战后，他们终于在巴勒斯坦结婚成家。

在慈善组织提供的物资里，毯子的数量多于实际需要，幸运的是，还有一台捐赠的简易脚踏缝纫机。一天，我母亲——一名裁缝能手——用毯子做了一顶彩色的帽子，给我父亲遮挡骄阳。离开营地在岛上的村庄散步是被允许的，只要在固定的宵禁时间前回到营地就行。在这样一次远足中，我父亲和他的彩色帽子吸引了一些村民的注意，他们提出用水果和其他商品交换帽子。我父亲意识到，如果我母亲能制作一批这样的帽子，他能继续用帽子交换急需的当地农产品——芒果和木瓜，甚至是鸡蛋。因此我的父母一起创立了一个基于

THE ART OF RISISTANCE

以物易物的生意，用他们在村里获得的东西跟营地里的其他囚犯再次交换。事实上，他们就是这样负担起莉莉的法语课的。在村庄里，我父亲被人们称作"Jacoub la Casquette"——帽子雅各布！（毛里求斯原先是法国殖民地，这里的人讲一种法语方言。）

我终于在1952年成为美国公民，获得护照后就做了去以色列的安排。在我父亲的力劝下，我在行程中停了一次，到芬兰的赫尔辛基买票看了第15届夏季奥运会，这是第一次有新成员国的运动员出场的赛事，新成员国是：以色列、中华人民共和国和苏联。

我父亲坚持叫我观看这次历史性的比赛是有原因的：1935年，我十四岁时，他答应带我去看在柏林举办的1936年夏季奥运会，但我们没能到场。

在赫尔辛基，我激动地观看两个我最爱的运动员——芬兰长跑运动员帕沃·努尔米和汉内斯·科莱赫迈宁——点燃奥运圣火。我还见到了杰出的捷克长跑运动员埃米尔·扎托佩克赢得5 000米、10 000米和马拉松赛跑的金牌。

从赫尔辛基，我乘船去哥本哈根，坐火车去巴黎和马赛，然后乘船去那不勒斯，在那里买了一大块烟熏火腿和四条意大利硬质萨拉米香肠——遵照我父亲的要求。

在我们的船到达海法港口的前夜，船上有一个派对，为我这种第一次见到以色列国的年轻人举办。当船驶入码头时，为了消除这次聚会产生的疲倦，我还在睡觉。我醒来后冲到船的栏杆前。舷梯旁坐着一个看起来有点熟悉的人，他焦急地望着上岸的乘客。随着时间的推移，记忆变得不可靠。在上次见到父亲后的很多年里，我当然想过他很多次，但不知怎的，他在我脑海中的形象是我还是个小男孩时他看起来的样子。此刻我见到的是一个与我父亲有点相似的头发正在变白的中年男人！我用力看着他，逐渐相信那就是他。我突然记起我和妹妹过去在跟父母分开时常做的某件事：我用口哨吹出了但泽自由市国歌的副歌！我父亲抬头看，也吹起口哨作为回应。我连忙下船。我母亲在几分钟后来到船边，看到自己唯一的儿子，她立刻失声痛哭。

莉莉也在。我必须说，看到她长这么大了，我吓了一跳——她现在二十五岁了！见面的第一个晚上，一起吃饭时，我没告诉父母我的游击队经历，如果他们知道我曾面对的危险，他们会担心死的。相反，我们谈论了我的教授身份，他们认为这是件了不起的大事——以至于他们从没有催促我离开美国和我崭露头角的事业，也没叫我去以色列土地上做阿利亚（aliyah），包括搬到这里并成为以色列公民。（"做阿利亚"意味着让一名离散的犹太人回归犹太人的"祖国"。）

那些年月的以色列生活是艰难的。有一波大规模的犹太移民，不仅来自战后的欧洲，而且来自阿拉伯国家，他们在"犹太国"创立后被驱逐出境。住房和食物短缺。每两个星期，我就从美国给我父母寄"关怀包裹"，偶尔还寄紧缺的电器，比如冰箱和炉子。

每隔一年，我去以色列跟他们待几星期。我父亲喜欢我陪他在俯瞰海法的山麓丘陵上例行散步。我很难跟上他的脚步：在他的年龄段，他是以色列的全国"竞走"冠军。

一次探亲时，我骑着一辆兰布雷塔牌摩托车游遍全以色列。回美国前，我把摩托车送给父亲当礼物。后来我发现，我一走他就把车卖了——不是因为他不喜欢我的举动，而是因为他更喜欢乘坐公共交通，当然，还有走路。我非常健康且好胜的父亲每天在海里游泳一小时，然后跟年轻男人和男孩在海滩上玩板网球——这就是他在七十四岁时死去的方式：在海滩上玩板网球时，死于一次严重心脏病发作。

我母亲说，对于我父亲这样的男人来说，这种死法堪称完美。她在一年后死于胃癌。

在我写作时，莉莉九十二岁，生活在特拉维夫。她的三个孩子已经六七十岁，有了他们自己的成年子女和孙辈。加在一起，我妹妹是40个人的祖辈，子孙的数目还在继续增长，这是个恩典，因为我们家族这么多成员——二战开始时有68人，其中有64人——死于纳粹大屠杀。

伊丽莎白·舒利斯特

战争期间不可能跟伊丽莎白保持联系，令人悲伤的是，她没能活到战后。1945年，当苏联人挺进德国时，德国人从但泽周围的领土撤退，但是把但泽本身当作一个设防坚固的"豪猪驻地"，踞守此处。不愿把一个德国武装要塞留在后方，也不愿猛攻这个防御良好的城市，苏联人用火炮将其包围，继续从外面轰炸。因为但泽靠海，德国人能够疏散一些公民和不少士兵。1945年1月的一天，"动员客轮"威廉·古斯特洛夫号被苏联人的鱼雷误击，大约600名乘客死亡，其中包括伊丽莎白。

希姆松·罗森堡（我祖父）、利娅姑姑和她丈夫莫伊舍

纳粹在1939年占领波兰，在那之前我收到过好几封祖父的来信。然而，我没收到最后一封，信上的日期是1941年7月10日。他不知道我在哪里，所以把信寄去了费城，希望他们能把信转寄给我。我到战后才读到信。他在里面写道："请记下我的地址。别把信寄去我们战前（在姆瓦瓦）的住处，因为它们可能寄不到我手里。"

这封信上盖的邮戳是"华沙"。我的猜测是,他、利娅和她的丈夫莫伊舍·西特兰被迫搬进了华沙犹太区,下一站就是终点站奥斯威辛。

马丁·罗森堡

我去柏林探望马丁伯伯后,我们通信一年;之后他的明信片不再寄来。盖世太保在1939年9月13日逮捕了马丁,然后把他跟700名其他波兰裔德国人送去了萨克森豪森集中营——这些人里既有犹太人也有非犹太人,都因为反纳粹活动而出名。在萨克森豪森,马丁组织了一个由25名犹太囚犯组成的地下人民合唱团。在非犹太狱友的帮助下,他的秘密合唱团在营地里排练和表演了三年。1942年10月21日,马丁听说萨克森豪森的犹太人将被送去奥斯威辛。作为对这个消息的回应,他写了《犹太死亡歌》的歌词,这首歌是按照意第绪语民歌《十兄弟》("Tsen Brider")的曲调谱写的。在前九段歌词中,每段都讲了一个兄弟的失踪,直到只剩最后一个(有点像英语里的《十个小印第安人》)。在唱段之间,叙述者跟两个巡回克莱兹默乐师说话——在东欧犹太村庄表演犹太传统乐器克莱兹默的人。但在这里,叙述者呼吁他们为他的每个兄弟,最终为他自己演奏挽歌。这首歌的副歌是这样的:

意德尔拿起小提琴
莫伊舍拿起贝斯
演奏一首小歌
伴随我们被领进毒气室

德语原版歌词的最后一个词是gass,意为"街道",但显然语带双关,指不祥的 gas,这个词在德语里跟英语里的意思相同,都为"毒气"。

如同这首歌令人难忘的副歌里写的那样,马丁和他的合唱团在几个月后死于奥斯威辛的毒气室。亚历山大·库利希耶维茨(Aleksander Kulisiewicz),从萨克森豪森幸存的非犹太音乐家,把这件事当作了他的任务:令《犹太死亡歌》在全世界传唱。

夏尔·勒瓦瑟

当夏尔和我在巴黎征兵办外面分别时,我没想到这会是我们最后一次见面。战争的旋风即将把我们吹往不同方向。我很遗憾地说,我不知道他后来的遭遇。

米丽娅姆·达文波特

1941 年 4 月,在意大利吞并卢布尔雅那后,米丽娅姆和她的未婚夫秘密结婚。获得签证后,他们在珍珠港事件后的那个星期五,从里斯本启航前往美国。

我到美国并成为戴顿大学的副教授后(一定在 1950 年前后),我写信给米丽娅姆的母校史密斯学院,获知了她的地址。我给她写了下面这封信:

如果你记得 1940/1941 年的法国马赛,"美国救援中心"(美国紧急救援委员会)和机构里各种各样的有时显得古怪,同时也独特可爱的人,玛丽·杰恩·戈尔德和她跟"兵团"情人的冒险行为,那么你大概也记得我,一个困惑的年轻人,大家都叫我

"古西",我当时差不多是个什么都做的男仆。尽管当时很混乱,但那些日子在很大程度上塑造了我的性格,我一直对它们记忆犹新;你在其中总是占据着一个非常中心的位置,因为我能在那些艰难的日子里活下来,部分要归功于你。

一星期后,我收到了米丽娅姆的这封回信:

我亲爱的罗森堡博士!

称呼"古西"为罗森堡副教授先生,显得多么正式而奇特啊!看到"古西"二字时,我才意识到你的轮回转世,然后因为喜悦而尖叫了起来!我记得很多你的事——你对我来说算是那些日子的一个象征。人人都竭尽全力拯救名人和反法西斯知识分子等等。而你在那里,一个善良聪明的年轻人,没有家人,没有钱,没有影响力,没有希望,没有迷人的过往。我记得一天晚上(作家)汉斯·扎尔试图告诉你,他身处的险境比你严重得多。我记得我告诉扎尔(让他大为惊恐!)他的境况比你好多了,因为很多美国人愿意做一切有可能的事去帮他,而你只是一个普通小孩,一个犹太人,一个"好男孩,但我们什么都做不了"。(当我向弗赖伊施压,叫他帮你时,他就是这么跟我说的。)

真奇怪,马赛的短暂时期在事后看来如此突出。我们有点像"一个特立独行的人群"。那是个奇妙的噩梦——当时看起来很可怕——但也一定是快乐的。我们都有一个目标,有一个极为道德的任务要执行。我们和我们的朋友们无论如何都必须活下来。我们不受成见的阻碍,也摆脱了中产阶级貌似体面的所有矫饰。由于迫近的危险,所有喜悦都很强烈。我们的头脑和目光会再次变得那样敏锐吗？我想知道。

米丽娅姆结了三次婚，死于1999年9月。

玛丽·杰恩·戈尔德

在我们交换过信件后，米丽娅姆告诉玛丽·杰恩·戈尔德，她在跟我联系。玛丽·杰恩给我写了信，但是我们直到1966年才见面，当时她为弗赖伊的团队组织了一次聚会（见下）。玛丽·杰恩在1980年出版了她和弗赖伊——以及"杀手"——在一起那年的回忆录，赢得了一点名气。她把书称为《1940年马赛十字路口》。她在1997年死于里维埃拉地区的圣特罗佩附近的家中，享年八十八岁。

"杀手"雷蒙·库罗

1966年，玛丽·杰恩·戈尔德在她位于曼哈顿上东区的豪华公寓为弗赖伊团队的几名成员组织了一次二十五周年纪念聚会。这是我们参加过行动的几个人在战后的第一次重聚。我们交换了纪念品和回忆，八卦了我们认识的名人和他们后来的境况。当然，大家都催玛丽·杰恩聊聊"杀手"和他的黑帮朋友。离开马赛（和玛丽·杰恩）后，"杀手"雷蒙·库罗成了英军一名功勋卓著的成员。他在参与圣纳泽的突击行动中双腿负伤；在诺曼底登陆日之前，他组建了一支6人暗杀小组，目标是高级纳粹官员。到那时，他早就抛下了他在外籍军团的过去（在我见到他后不久，他就从军团离开了）以及他跟科西嘉黑社会混在一起的日子，他正是通过那群黑社会帮弗赖伊联系上黑手党老大的。在英国，他改头换面，变成"杰克·威廉·雷蒙德·

李",最终因为在战场上的英勇表现被授予维多利亚十字勋章。

瓦尔特·梅林

1941年2月3日,梅林终于离开法国去马提尼克,再从那里取道迈阿密,前往好莱坞,他在那里娶了艺术家玛丽-葆拉·泰西耶并担任米高梅电影公司的编剧。由于他广为人知的对无政府主义的同情,他申请美国公民身份被拒。1953年,他回到欧洲,住在瑞士的安科纳,靠讲课和参加会议谋生。在1981年10月3日,他去世于苏黎世。

瓦里安·弗赖伊

弗赖伊于1941年被逐出法国,急救会解散。回到美国后,他的生活立刻分崩离析,虽然很多人认为他活得很英勇。

战后,他写了一本自吹自擂的回忆录,讲述他在法国的经历,题为《听命投降》,取自停战协议里令人焦虑的第19条。书卖得不太好。在接下来的二十年里,他试图当编辑、商人和高中教师。他结过好几次婚,有三个孩子。在大部分时间里,他是个被遗忘的人。跟他共事过的人对他印象不好,而在马赛把命运交给他的著名客户也没时间理他。

最终,弗赖伊获得了一些认可。1966年,法国政府嘉奖他荣誉军团骑士勋章,感谢他对自由作出的贡献。六个月后,他去世于康涅狄格州的家中,享年五十九岁。

尽管急救会确实帮助了很多知识分子和艺术家离开法国,但是在我看来,弗赖伊本人在完成这件事上不能居功过多。然而,作为负责人，1994年他获得了"美国辛德勒"的名声，当时他成了第一个被认可为"国际义人"（Righteous Among the Nations）的美国人，这个荣誉称号由以色列国授予在纳粹大屠杀期间冒生命危险拯救犹太人的非犹太人。

让·杰马林

因为他在地下组织军队里的贡献，1946年让被授予法国自由军队（这是戴高乐部队的名称，当时是法国的军队）的中校军衔。他成了《每周总结》（Bilans Hebdomadaire）——一份概述经济和政治问题的周刊——的创办人和主编。1955年，他被任命为法国原子能委员会的主任。他于1975年退休，逝于2003年5月2日。他被授予荣誉军团指挥官勋章和解放勋章；也被授予了棕榈枝战斗十字勋章（1939—1945）。

维克托·布罗内

布罗内从未离开法国，但是设法躲在加普镇外的一个小村庄，活了下来。他在1966年逝世于巴黎。

丹尼尔·贝内迪特

在弗赖伊离开且急救会解散后，丹尼尔继续为地下组织工作，开设了一个社区伐木烧炭生意，在瓦尔省设有一个营地，那里还用来庇护躲避纳粹的人。他就这样活到了战后，一直身为秘密的社会主义革命斗士，直到他于1990年去世，享年七十八岁。

海因里希·曼

海因里希·曼和他的妻子于 1940 年 10 月 13 日到达美国，然后去往加利福尼亚的圣莫尼卡，因为华纳兄弟公司请他去工作。1949 年，德意志民主共和国（东德）任命他为东柏林的艺术学院主席。正当他准备回德国时，于圣莫尼卡的家中去世。他享年七十九岁。

内莉·(克勒格尔)·曼

在翻越比利牛斯山的艰苦跋涉途中，内莉令人愉快的白兰地酒瓶实际上是个不祥之兆：她是个酒鬼。1944 年在一次酒驾后出车祸，导致他人死亡，她在那年的 12 月 17 日自杀。

弗朗茨·韦费尔

安全抵达美国后，韦费尔于 1941 年成为美国公民，但我不知道为什么他能做到。他患有心绞痛，但坚持写作，他的戏剧《我与上校》在百老汇以《雅各博维斯基与上校》（*Jacobowsky and the Colonel*）的名字上演。为了让制作人满意，他不得不把剧本重写了三次。戏剧讲述了一名足智多谋的犹太人跟一名颇有胆识的波兰军官合作离开法国的故事。他于 1945 年 8 月去世。

阿尔玛·马勒-格罗皮乌斯-韦费尔

先后身为古斯塔夫·马勒和瓦尔特·格罗皮乌斯的遗孀，但本人也是社交名流的阿尔玛在1947年短暂回到维也纳，但只是为了申请被纳粹侵占的财产"赔偿"。1951年，她从洛杉矶搬去纽约，在那里过上了在文化上高雅又古怪的生活。听她的朋友们说，她每天早上6点起床，尽情啜饮香槟，弹一小时大键琴。当她的回忆录揭露出尽管她和好几个著名犹太人结过婚，但她相当反犹时，她的很多朋友不再见她。她在1964年于纽约过世。

维克托·塞尔日

当塞尔日在巴黎，在德国入侵法国前，他给托洛茨基当翻译，但拒绝加入托洛茨基的第四国际。来马赛前，他是马统工党在巴黎的通讯记者。他跟布勒东和其他人一起登上开往马提尼克的船，然后设法去了墨西哥，他在1947年由于心脏病发作去世，当时人在墨西哥的一辆出租车上。因为他没有国籍，墨西哥的公墓不能合法接收他的尸体，因此他作为一名西班牙共和党人被埋葬。

在他离开欧洲前后，塞尔日大量生动地描述了他的时代——长篇小说，短篇小说，以及列宁、斯大林和托洛茨基的传记。

安娜·赛恩·玛丽·伊丽莎白

安娜出生于1892年。我有她的身份证，上面有趣地把她的"职业"列为"耕种者"，而非农民。尽管我在加入第636坦克歼击营时短暂地回过蒙梅朗，但我没法去找安娜和她的农场。几年前我去蒙梅朗的公墓探访过她的坟墓。她去世于1969年。

皮特·罗杰斯中尉

我在战争期间形成的最亲密的友谊也许是和皮特的。我们始终保持联系，直到1991年他去世。他在美军的步兵部队从1940年服役到1948年，在欧洲和非洲打了六场战役，然后作为密苏里国民警卫队的一员在朝鲜战斗，在此期间他成了中校。他娶了一个在流散营待过的波兰女人，定居堪萨斯市，他在这里先后当过市长的行政秘书、代理市执行长、市议会代表和克莱县选举委员会的委员。1986年，他给了我他那本《搜索、出击、歼灭，第636坦克歼击营的历史》。他在内封上写的题词对我意义重大："送给我非常亲爱的朋友古西，如今的罗森堡博士，我对其拥有最崇高的敬意，一名英勇无畏的马基战士和美军士兵，也是我的战友。称他为我的朋友，也被他称作朋友，我深感荣幸。"

其他人

还有其他人在我的故事中扮演了重要角色，但我对他们一无所知，原因很简单，在地下组织工作要求我们对彼此了解得越少越好。我甚至不知道训练我做卧底工作的罗贝尔以及去安娜的农场给我传达消息的阿里斯蒂德姓什么。我对很多人毫无了解，比如里昂医院的那位护士，或者给我送来衣服和自行车、帮助我逃跑的来自基督友谊的牧师，还有开雪铁龙送我去蒙梅朗的女人。

尤斯图斯·罗森堡

在此不会写我在冷战期间去苏联及其卫星国、革命刚过后去古巴以及去中华人民共和国的广泛游历,也不会写我去尼加拉瓜拜访桑地诺民族解放阵线的经历,更不会写依据《信息自由法》(Freedom of Information Act)在我的联邦调查局档案里发现的有趣材料。我也不会探讨我在斯沃斯莫尔学院、社会研究新学院和巴德学院的教学生涯。我希望在未来的回忆录里讲述这些故事。

只要活得够久,人们就会开始写你。2016年春天,一位名叫萨拉·怀尔德曼的记者在《纽约时报》为我写了传略;随着经历过纳粹大屠杀和二战的几代人逐渐死去,我突然成了世界的"兴趣焦点"。然后,让我非常吃惊的是,我得知自己被提名授予法国最高荣誉——荣誉军团的指挥官军衔。从1802年,拿破仑·波拿巴创设荣誉军团起,只有3 200人获得这个荣誉,而且很少有美国人——尽管其中有美国陆军上将乔治·巴顿和比利·米切尔,以及第一夫人兼人道主义者埃莉诺·罗斯福。发现自己忝列其中,我感到荣幸且受之有愧。

当我听说仪式将在纽约市法国领事馆举办时,我突然想到"领事馆"在我的生命中扮演了关键但经常是令人沮丧的角色。八十年前,我去但泽的法国领事馆申请去法国学习的签证,十多年后我在巴黎的美国大使馆拿到了去美国的特惠签证。当然,和领事馆的关系——或者说它们的难以接近——跟帮助弗赖伊的"明星难民"离开法国有很大关联。在这个意义上,在这样的背景下接受这份荣誉看起来是个极大的讽刺:在我花了数百小时在巴黎、图卢兹和马赛的领事馆焦急等待签证和护照的消息后,如今法国驻美大使热拉尔·阿罗会从华盛顿赶来,授予我其国家的最高荣誉。

2017年3月30日,在中央公园和大都会艺术博物馆对面,在一个天花板很高、有水晶吊灯、墙上挂着19世纪油画的优雅房间里,坐着由我的同事、前学生和来自全世界的记者组成的百人团,他们看着阿罗大使站在我面前说:

"荣誉军团是法国的最高荣誉,也是世界上最令人梦寐以求的荣誉之一。法国总统决定授予你,亲爱的尤斯图斯,人们梦寐以求但很少取得的指挥官军衔,借此感激你在二战期间卓越的勇气和牺牲、作为学者的非凡事业,以及你在反对反犹主义和偏狭上的无私参与。"(后者指的是我妻子和我在2015年成立的尤斯图斯和卡琳·罗森堡基金会的工作。)

随着大使继续列举我的成就,我的思维闪回到七十五年前发生的事件——我的父母站在但泽火车站的月台上,向我挥手道别;希特勒在柏林劝诫他的追随者们;我在巴黎剧院最后一次上台,当时我穿着船长的戏服指向利物浦。还有逃离巴黎的漫长难民队伍;我跟米丽娅姆和弗赖伊的第一次见面。

大使继续说着,但我并没听进去,更多画面飘过:一个星期天下午在艾尔贝尔别墅的超现实主义者和他们的"香尸";然后依次迅速闪现的是:射向酒店走廊的子弹;沦为废墟的达姆施塔特;和一名俄国上校整夜狂饮伏特加,以及新一天的黎明时分,望不到头的车队。

大使作完演讲,把红色绶带上的勋章挂在我的脖子上,现在轮到我感谢法国了——不是因为勋章,我说,是因为这个国家向年轻的我灌输了自由、平等、博爱的原则。"我一直记在心中并带到美国的,正是这三条原则,"我说,"连同 tikkun olam(希伯来语的'修复世界'),它们一直是我的指导原则。"

我的生活充满意外,但它并不是意外的附属品。为此我充满感激。每个新学期,都有学生鼓起勇气问:"罗森堡教授,这么多人死去了,而你还活着,你觉得是为什么呢?"

戴顿大学的一名天主教牧师曾经对我说:"显然是上帝保佑了你。他为了一个特殊目的要你活下来。"

"对我来说并不是什么显然。"我告诉媒体。

THE ART OF RISISTANCE

我在战争中的经历一点也没减少我终其一生对上帝的矛盾心态；我在一所巴黎圣母会大学教了十年书的经历也没有，尽管大学的座右铭是 Pro Deo et Patria，拉丁语中的"为了上帝和祖国"。

有一次大学校长邀请我和他一起看戴顿的"飞人"篮球赛。随着比赛的进行，两边队员都在投出罚球前用手画十字架，我狡黠地看着同伴，问道："今天上帝站在哪边？"睿智的神父并没有冒险做出回答。

当时刚从纳粹大屠杀幸存，我一点也不相信存在一位全知并且爱众生的上帝，我也不觉得神圣的天意对我或者任何人的存在有一个秘密的甚至慈爱的计划。

那么要怎么解释，这个但泽犹太父母的孩子从希特勒和集中营、子弹伤口和地雷爆炸中幸存，之后又从饱受战争蹂躏的欧洲那些没有国籍、不确定的年月，抵达美国的这个漫长而充满意义的生活？

运气当然起到了作用，此外，还有我感知危险的能力、我在游击队训练中学到的技能，以及出现在关键时刻的人，比如医院的护士和安娜·赛恩，他们经常冒着极大的危险藏匿、喂养和帮助我。

想象一下，如果我看起来像个典型的犹太人，而不是像雅利安人——或者符合我的实际年龄，而不是人们总错以为的十四岁。我能够在纳粹眼皮子底下当间谍吗？如果我不懂德语、法语、波兰语、俄语和英语——这是因为我的父母认为教育比什么都重要——让·杰马林、第 636 坦克歼击营和联总会有兴趣招募我为他们服务吗？

当然不会。

一次又一次，我所说的"机缘的汇合"向我提供了一个可把握的机遇窗口或时刻。在每个重要关头，各种因素的组合让我能抓住那个时刻或者利用那个窗口逃脱。这是我对自己的幸存做出的最好的解释。

在荣誉军团的仪式上，我想到了一个没能活到战后的勇敢的年轻女人：汉娜·塞奈什，一个出生于匈牙利、生活于巴勒斯坦的诗人，跳降落伞进入南斯拉夫，协助解救将被运往奥斯威辛的匈牙利犹太人。纳粹在边境逮捕了塞奈什，监禁并折磨她。在行刑前写的最后一首诗《祝福火柴》中，塞奈什写道："祝福有勇气为荣誉而停止跳动的心脏。"正如塞奈什在她死亡前知道的那样，一位英雄必须愿意为更伟大的事业牺牲自己的生命。

但是我也想到了贝托尔特·布莱希特在他的一部戏剧中写的话："需要伟大英雄的国家是不幸的。"塞奈什是英雄，战争期间成千上万的其他人也是。可是为什么？因为时代需要英雄。只要世界上有仇恨、偏狭和对权力的渴望，就会出现英雄。我们应该梦想着英雄不再被需要的那天。

Tikkun olam 的意思是犹太人不仅为他们自己的道德、精神和物质福祉背负责任，还为整体的社会福祉背负责任。以这样的方式，我们能为修复世界做贡献。对我来说，教文学是实现 tikkun olam 的手段。在文学里，你能表达和探索每个观点，甚至包括不受欢迎或者被认为反美国的观点，当然也有反犹观点。因为这些观点在一本书里，所以你能讨论它们——并把它们连同你自己的信念，拿到光线下仔细查看。我认为在大学校园里审查观点是错误的，就算是大多数人眼中的冒犯性观点；这么做会助长无知、偏见和冲突，令毁灭性的观点变得比实际更强大。

我们需要教年轻人纳粹大屠杀的历史——不仅是对犹太人的屠杀，还有历史上和世界范围内的其他"大屠杀"——这样未来的世代就会知道人类最恶劣的直觉和政治意识形态会导致怎样的后果。

我们需要捍卫这个理念：所有人类都是平等的，也应该被平等对待。

我们需要对危险保持警惕，并把它们消灭在萌芽中。

致　谢

我想感谢布兰登·希克斯，1995年我在巴德学院指导过他的高年级项目，这些年来我们一直是朋友，他富有挑战性的问题帮助我聚焦这些记忆；还有查尔斯·斯坦，他帮助我整理笔记，让它们导向一个恰当的结尾。我还想感谢我的主要编辑彼得·哈伯德，感谢他的善良、他的专业和他那从项目伊始便充满才智的指导。

THE ART OF RESISTANCE: My Four Years in the French Underground
Justus Rosenberg
THE ART OF RESISTANCE by JUSTUS ROSENBERG
copyright © 2020 by JUSTUS ROSENBERG
This edition arranged with Dystel, Goderich & Bourret LLC
through Big Apple Agency, Inc., Labuan, Malaysia.
Simplified Chinese edition copyright:
2023 ShanghaiNaquan Cultural Diffusion Co., Ltd.
All Rights Reserved

图字：09-2023-0935号

图书在版编目(CIP)数据

抵抗的艺术：我在法国地下抵抗的四年 / (波)尤斯图斯·罗森堡(Justus Rosenberg)著；徐芳园译. —上海：上海译文出版社，2023.11
(译文纪实)
书名原文：THE ART OF RESISTANCE: My Four Years in the French Underground
ISBN 978-7-5327-9409-6

Ⅰ.①抵… Ⅱ.①尤… ②徐… Ⅲ.①纪实文学-波兰-现代 Ⅳ.①I513.55

中国国家版本馆CIP数据核字(2023)第185771号

抵抗的艺术
——我在法国地下抵抗的四年
[波兰] 尤斯图斯·罗森堡　著　徐芳园　译
责任编辑/张吉人　装帧设计/邵旻　观止堂_未氓

上海译文出版社有限公司出版、发行
网址: www.yiwen.com.cn
201101　上海市闵行区号景路159弄B座
昆山市亭林印刷有限责任公司印刷

开本 890×1240　1/32　印张7　插页2　字数122,000
2023年11月第1版　2023年11月第1次印刷
印数：0,001—8,000册

ISBN 978-7-5327-9409-6/K·322
定价：58.00元

本书中文简体字专有出版权归本社独家所有，非经本社同意不得连载、摘编或复制
如有质量问题，请与承印厂质量科联系。T: 0512-57751097